失物協尋師

失せ物屋お百

藍眼阿百 1

廣嶋玲子◎著

張智淵◎譯

目錄

序章——

秋夜已深，寒風大作，琵琶丸搖搖晃晃地拖著腳步前進。

牠虛弱不堪，任由冷風吹拂，感覺隨時會像一片枯葉被風捲起，連呼吸都困難，走起路來搖搖晃晃。

但是，牠無法停下腳步。

琵琶丸回顧身後。

祂們在。

一群黑壓壓的東西從背後逼近。

祂們是雜鬼，嗅到性命垂危的獵物氣息，歡天喜地地群起蠢動，緊跟在後。

祂們的數量比剛才看到時又增加許多。

牠想要擺脫雜鬼們，不想被祂們追上。

琵琶丸一邊怕得快哭出來，一邊拼命地移動雙腳，但是身體動作愈來愈緩慢。

牠終於力氣用盡。

雜鬼立刻一擁而上爬滿牠的身體，爭先恐後地吸取生氣，但是牠已無力撥開祂們。

救救我……牠的視野逐漸模糊，只能在心中祈求著。

就在此時，彷彿有人聽見了無聲的呼救，耳邊傳來「喀啦」的開門聲。

「吵什麼吵……這是什麼？看起來不是狗……你要是死在這裡，

我還得替你收屍，麻煩死了，真是拿你沒辦法。」

那名女子說的十分冷淡，但是語氣中沒有半點責難和冷漠。

「喂，你們快閃一邊去！少在老娘的家門前群聚！」

耳邊響起「啪」的清脆聲音。那是令人渾身一震、凜然聖潔、雙手擊掌的聲音。

那一瞬間，琵琶丸感覺到聚集在牠身上的雜鬼被瞬間驅散。

是誰？是誰救了我？

就在牠拚命地想抬起頭時，便真的失去了意識。

失物協尋師 1
——藍眼阿百

一

「真是的。撿了個大麻煩回來。」

阿百一面啐道，一面大口喝下茶碗裡的酒。這是第三杯，但是廉價的淡酒怎麼喝也沒有半點醉意。唯獨喉嚨和胃火辣辣地刺痛，真令人不悅。

寒冷的三更半夜被吵醒也令人不快，最令人不爽的是，讓多餘的傢伙進了家門。

阿百狠狠地瞪了這個不速之客一眼。

牠是一隻狸貓，八成還是小狸貓，只有一顆小瓜那麼大。

阿百方才感覺到不尋常的騷動，往外一看，發現牠被一群雜鬼糾纏。她立刻驅散了雜鬼，但是小狸貓連爬都爬不起來。

若是置之不理，那群雜鬼肯定又會回來，這次牠就鐵定會被生吞活剝。因為祂們最愛吸食奄奄一息、氣息微弱的生物的生氣。因此，阿百才會不情不願地將小狸貓帶進家裡。她找不到能當被窩的物品，姑且將破布鋪在鍋子裡，將牠放進去，再把鍋子放在火盆旁邊。

後來又過了一段時間，但是小狸貓毫無醒來的跡象。

阿百暗自心想「你可別就這樣死掉」，又往火盆裡添炭。小火星「啪」地四散，火光瞬間照亮微暗的房內。

這是一間隨處可見的狹窄長屋[1]。房間裡的天花板和地板處處斑駁，灰漿牆壁很薄，為了擋住從縫隙滲進來的冷風，到處貼滿了瓦版[2]浮世繪。

除此之外，這個房間四面徒壁。說到房內有哪些物品，只有萬年不收的被褥、小火盆，以及小衣櫃和小梳妝台，而且完全沒有打掃，積滿灰塵的地板上到處都是空酒瓶。

阿百自嘲地心想，二十八歲的大齡單身女子，過著終究說不上正經的生活，住在這種鬼地方也是剛好而已。

實際上，她披著寬大的男性半纏[3]單膝屈起，大口飲酒，任誰也不會把她當作良家婦女。她長得頗有姿色，但是神情凶悍、眼神鋒利、說話直來直往毫不留情，恐怕十個男人裡頭也找不出一個會喜歡這種女人。

最引人側目的是，她的左眼戴著黑色眼罩，形成一種異常的壓迫感，以及令人忌憚的氣場。

阿百這個女人，令人聯想到不親近任何人的野貓。不僅是外表凶狠，個性也相當嗆辣。她貪婪倔強、嗜錢如命、最愛喝酒，而且不肯對人敞開心扉。

她沒想到自己居然會大發慈悲，把小狸貓撿回家。

阿百板著一張苦瓜臉，盯著癱在鍋子裡的小狸貓。

「這隻狸貓到底是從哪座山誤闖到江戶的啊？你最好給我快點醒來，愛滾哪去就滾哪去……要是到早上還不起來，老娘就直接把你煮成狸貓湯。」

1 譯註：一棟分成許多戶的房屋，即大雜院。

2 譯註：江戶時代，以木版印刷於紙張的印刷品，接近如今的報紙，刊載快報、案件、八卦事件等。

3 譯註：日式短外套。

即使她出言嚇唬，小狸貓好像也沒有聽見。不過，牠的腹部有微微的起伏。

阿百確認小狸貓還活著，又繼續打量牠。身形稍瘦，毛況不佳，但是尾巴圓鼓鼓。牠八成是公的。毛色是深棕色，幾乎接近黑色。

「哼，焦茶丸這個名字真適合你。」

阿百不經意地喃喃自語。

話才剛說完，小狸貓忽然發光。深棕色的身體被淡淡的藍光包圍，接著像泡泡一樣飄浮起來。

小狸貓不停地旋轉，身形漸漸變大，模樣也開始改變。手腳變得修長，毛像是縮進皮膚似地變淡，唯獨頭部周圍的毛髮變長變濃密。

小狸貓就這樣變成一個大約十歲的孩子，輕輕地落在地板上。

他是一個身穿深棕色和服，肌膚黝黑的男孩，臉龐和身形都有些圓潤，依稀留有幾分狸貓的模樣。重點是，屁股上還留著那條尾巴。

「天啊……」

這完全意想不到的情況，令阿百大吃一驚。但是繼驚訝之後，湧現的情緒不是恐懼而是懊悔。

自己天生眼力遠勝常人，居然沒有看穿這隻小狸貓是個異類，還把牠帶進家門，真是失策。

阿百咬牙切齒，抽出護身小刀，擺好架式。

或許是察覺到她的殺氣，孩子緩緩地睜開眼睛。

他那雙又大又圓的眼睛，對上了阿百銳利如刀的目光。

孩子眨了眨眼之後，朝阿百伸出雙手，叫道：「主、主人！」

這又是一句出人意表的話，令阿百再度驚愕得頻頻眨眼。

主人？你叫我主人？

隔了半晌，阿百終於謹慎地回話。

「……我不記得自己什麼時候變成你的主人了。」

「不、不是妳。那隻眼睛！那隻眼睛是主人的！」

孩子明確指著她的左眼，阿百心頭一驚，身子向後縮，下意識地摀住左眼。

「你……看得出這個嗎？」

「當然！我看得出來！那股氣息是主人的啊～原來在這裡啊！」

孩子自個兒高興地露出笑容，阿百從他身上感覺到一種說不上來的詭異。至今從來沒有人一眼就看穿她以眼罩遮住左眼的祕密。

這傢伙究竟是什麼來頭？

「你是何方神聖？叫什麼名字？」

「焦茶丸！」

孩子元氣十足地回答之後，瞪大眼睛、摀住自己的嘴。

「咦？啊～欸，不對。為什麼會說出這種……我明明是琵琶丸。我、我為什麼脫口說出焦茶丸？」

「焦茶丸不是我剛才說的那個名字嗎？」

「咦?!妳、妳剛才那樣叫我嗎？」

看到他那副丟臉丟到家的表情，阿百開始頭痛了。話說回來，她原本就討厭小孩動不動就哭、吵得要命，還會亂動東西搞破壞。尖銳的聲音和變來變去的表情也討人厭。

阿百將心中的不悅寫在臉上，說：

「是啊，我是叫了。畢竟我原本以為你只是一般的狸貓。你是深棕色，所以說焦茶丸這個名字真適合你。這名字有那麼差嗎？」

「該、該說是差，還是討厭呢……哇啊，我不要啦～明明琵琶丸這個名字比較好聽。妳什麼名字不好取，偏偏叫人家焦茶丸。」

「喂，你這小子。一個人嘀嘀咕咕碎唸什麼？我一句都聽不懂。你倒是給我解釋一下。」

「啊，好、好的。呃，大概是我的名字被改寫了。」

「改寫？」

「對。我原本名叫琵琶丸，但是現在好像變成了焦茶丸。因為阿姨妳這麼叫我。」

咚！

阿百的手像蛇一樣伸出，狠狠地敲了一下焦茶丸的腦袋。事發突然，焦茶丸圓滾滾的眼睛瞪得更大。

「妳、妳、妳做什麼?!」

「不准再叫我阿姨，很欠揍！」

「動口不動手！幹嘛打人啊！我又不知道妳的名字！」

「我叫阿百啦！」

阿百像是要咬人似地報上名字。

「這不重要，倒是改寫名字，真的有那種事嗎？」

「阿姨，不……阿百姐擁有主人的鱗片，所以我覺得有可能。」

「主人的鱗片是怎麼一回事？」

焦茶丸一臉正經地說「就是那個啊」，並指著阿百被眼罩遮住的左眼。

「在那隻眼睛裡面，我能清楚地感覺到。就算遮住了，我也感覺得出來。」

「……你說的主人是誰？」

「山神。祂是統治我住的那座山的男神，名叫青霧彥大神。祂是位威風凜凜的神明，但是有一個缺點……」

「神有缺點？」

「是啊。他是個超級大渣男。」

阿百失望地垂下肩膀。原本以為焦茶丸會說出天大的祕密，沒想到居然說祂是渣男。

但是，焦茶丸的表情十分嚴肅。

「青霧彥大神生性花心又長得帥，各地的女神、姬神也死纏著祂。然後就像哪隻貓兒不偷腥，祂被人一撩就輕易上鉤、到處風流，花名滿天下。但問題是——青霧彥大神有位正宮夫人。」

「是喔。那可要吵翻天了。」

「就是啊！他們夫妻吵起架來，簡直是驚天動地！不過，都是青霧彥大神單方面地被罵得狗血淋頭。總之，不管是介入勸架或安撫雙方都累死人了。」

大約在三十年前，女神又察覺到丈夫偷吃而大發雷霆。她怒氣沖沖地揚言這次要好好教訓祂，趁丈夫正在享受幽會，悄悄溜進祂的寢室，從祂脫下來亂丟的鱗衣上，拔掉近百片鱗片。不僅如此，她還把那些鱗片撒到人間各處。

焦茶丸露出高深莫測的表情，繼續說下去。

「鱗衣對於主人而言是無比重要的寶物，因為不穿上它，就無法變成原本的模樣——青色大蛇。可是，鱗片變成東缺一塊、西缺一塊的癩痢頭模樣太丟人，會淪為別人的笑柄，所以這三十年來，連重要活動和過年時，主人也沒有現身。」

「這……也太㕷了。」

「請妳別這麼說。祂已經被夫人狠狠的教訓了一頓，可憐的不得了。」

山神躲在山洞裡，命令家臣們尋找散落人間的鱗片。但是山裡的精怪們在人多的地方就看不清楚、鼻子不靈，林林總總的原因加起來，至今仍有二十多片鱗片下落不明。

「主人的心情愈來愈差……最終連我這種小嘍囉都被派出來找。可是，人間的空氣果然不適合我……我差點虛弱而死，回過神以後，我就在這裡了。」

「所以你的意思是，我的左眼裡有你的主人的鱗片？」

「沒錯。這麼靠近的話，我確實感覺得到。因為它散發出和主人一樣的氣息。」

焦茶丸語氣堅定，目光灼灼。阿百輸給他的氣勢，摘下了眼罩。

隨即，出現了一隻比盛夏的天空更藍的左眼。

比水藍更深沉、比靛藍更華麗、比蒼藍更鮮明的寶藍。

縱然在幽暗的房內，它仍清晰浮現，甚至綻放著寒光。

凡是看到這隻眼睛的人，如果不是渾身顫抖，就是嚇得臉部僵硬。

但是，焦茶丸與眾不同。他開心地拍手。

「啊！啊～果然沒錯！是主人的東西！和主人一樣顏色！太好了！能夠找到它，真是太好了！」

焦茶丸興奮地狂搖尾巴，天真無邪地笑開懷。阿百看到他那張臉，心中不知不覺湧上一股情緒。等回過神來時，她已經開口說話了。

「……聽說我出生的時候，父母看見我嚇到腿軟。雖說只有一隻藍眼，但是生下這種眼睛的孩子，他們以為遭到了某種詛咒。」

「我想，大概是撒到人間的鱗片，其中一片被吸進了妳母親的肚子裡，然後附在妳的眼睛上。」

「……那麼，我的兩隻眼睛原本都是黑色的嗎？」

「是啊。」

「這樣啊……」

阿百的臉上浮現一種難以言喻的笑容。

「這隻眼睛不只是藍色而已，隨著我長大懂事，我漸漸開始能夠看見一般人看不見的東西。像是佇立在門口的影子，或者從別人的背部升起像是火焰一般的東西。」

「那也是主人的力量唷。妳應該也感受到了附在鱗片的神力吧？總之，這下妳明白了吧？那是主人的東西，請妳還給我。啊，妳放心，我不會弄痛妳，也不會挖出眼珠，只要讓我取出眼睛裡的鱗片，可以吧？」

就在焦茶丸興沖沖地想要靠近時，阿百「砰」地用力一腳踏在他身前。

「哇～！妳、妳做什麼？」

「……誰說要還你了？」

阿百從喉嚨擠出彷彿從地獄深處響起的聲音，怒火讓她眼前一片血紅。

「你想必不會明白，擁有和別人不同的藍眼、能夠看見一般人看不見的東西的孩子，會受到什麼樣的對待。」

「咦？咦、咦？」

「這隻眼睛！你不知道因為它，我至今吃了多少苦頭。父母覺得毛骨悚然、罵我是怪物，把我賤賣到花街柳巷。我有好幾次都想要死，可是，我認為它是與生俱來，所以才能忍耐至今！結果你說什麼？你、你說是因為無聊的夫妻吵架？開什麼玩笑！」

「請、請、請妳別對我發火！這不是我的錯！」

「閉嘴！你也好不到哪去！再說，你也未免來得太晚了！為什麼不在二十九年前找到我?!起碼在二十年前，不，十五年前找到我的話，我也會欣然歸還！」

「妳跟我說這有什麼用……」

「吼～真是夠了！氣死我了！我完全不能原諒！千錯萬錯都是祂們夫妻吵架的錯！啊～受不了！我開始頭痛了！」

阿百咕嘟咕嘟地灌起酒。焦茶丸或許是從她那種狂野的喝法察覺到什麼，許久不發一語。直到阿百喝光酒瓶裡的酒之後，焦茶丸才小心翼翼地開口問：

「呃……要、要怎麼做，妳才肯還給我呢？」

「這個嘛……你把那邊地上的木板拆開來看看。」

焦茶丸依她所說，掀起一塊鬆動的木板，底下有一個大木箱。

「箱子？」

「是千兩箱，裝得下一千枚小金幣。如果這個箱子裝滿小金幣，女人應該就能一輩子不用工作、不愁吃穿地獨自活下去。」

「原來如此。也就是說，妳想要錢？那、那樣的話，我去拿值錢的東西過來。對了，我能用在山上採到的金沙裝滿這個箱子，妳等我一下。」

焦茶丸急著想往外跑，但是被阿百一把抓住尾巴。

「等一下，我話還沒說完。再說，從你那裡拿到錢，一點意義也沒有，這樣也難消我的怒氣。」

「咦？那、那，我拿兩箱金沙過來。」

「我不是那個意思。」

阿百以陰狠的目光，怒瞪焦茶丸。

「你仔細聽好，我剛才也說過了，因為這隻異於常人的眼睛，讓我吃盡苦頭，但是如今我終於明白它的用處。現在，我要用這隻眼睛做生意、靠它維生……也就是說，我終於可以讓它補償我了。」

「妳的意思是……」

「用這隻眼睛賺到一千兩之前，我絕對不會歸還鱗片。就是這個意思。」

「哪有人這樣……千兩箱裡現在有多少錢？」

「十二兩。」

「哇啊……」

焦茶丸嚇到臉部扭曲，阿百冷笑了兩聲。

「就是這樣。明白的話，就回去吧。我存到一千兩時，你再來就行了。」

「那怎麼行……大姐，要不要再商量一下？」

「吵死了。我想睡覺了。你也快滾回山上睡大頭覺。」

阿百戴回眼罩，「呼」地一口吹熄了方形紙燈的燈火。

二

「啊～！」

阿百聽到一聲尖叫，猛然驚醒。

一睜開眼，就發現有個孩子跌倒在一旁，是一個有狸貓尾巴、身穿深棕色和服的小胖子。

阿百立刻想起昨晚的事，搔了搔頭。

「我說你啊，怎麼還在這裡？而且一大清早就鬼叫什麼。」

「呃、呃……」

焦茶丸只是不斷地呻吟，依舊仰躺著，看來似乎身體麻痺、動彈不得。

阿百面露不懷好意的笑容，哈哈大笑。

「看來你碰了眼罩吧？你想趁我睡著的時候偷走鱗片，對吧？真笨。這副眼罩可是充滿了咒語。我請祈禱師[4]製作的。」

「為、為什麼要、要做那種、東西……」

「當然是為了防備。畢竟想要這隻眼睛的傢伙多的是。」

潛藏於黑暗和陰影中的鬼魅，大多只是虎視眈眈地覬覦。但是，其中也有些會靠過來、渾身散發著不祥的氣息，幽幽地說「好美，我想要」，企圖奪取阿百的左眼。

4 編註：祈禱師類似台灣民俗中的道士、效勞生（為神明效勞，無償協助公廟庶務的服務人員），也類似巫師、薩滿的信仰治療師。

「清醒時，我不會讓祂們靠近。可是，要是睡著時被挖走眼珠，那還得了。為了預防這種事情發生，我請祈禱師製作這副眼罩。祈禱師收了我不少錢，但是還算值得。」

「……唔。」

焦茶丸滿臉怨氣地起身，阿百以戲謔的眼神瞧他。

「你別再動歪腦筋了，快回山上去。就像我昨天說的，在用這隻眼睛的力量賺到一千兩之前，我絕對不會歸還。」

「可、可是，妳不是說妳因此吃了苦頭？如果妳把鱗片還給我，就不會再看見奇怪的東西，連顏色也會變成和右眼一樣是黑色的。妳不想恢復正常嗎？」

阿百聽到他滔滔不絕地說，苦笑道：

「要是十年前也就算了，事到如今，我已經不再嚮往一般人的模樣和正常的生活。如今的我是知名的怪物，人們尋求我身為怪物的力量。我花了很長的時間，才走到今天這一步——總之，沒得商量，就是一千兩。這是我對自己定下的目標。」

「……真頑固。」

「哼，我要是弱女子，老早就死了。明白的話就滾，快滾出去！」

豈料焦茶丸神情嚴肅地頑強拒絕。他端坐在原地，筆直注視阿百。

「我清楚明白妳的心意了，所以我也下定決心了。在妳存到一千兩之前，我要待在妳身邊。」

「你說什麼?!」

即使是見過大風大浪的阿百也傻眼。

「別開玩笑了。你是山神的家臣也好，手下也罷，但你是狸貓怪吧？有你這種精怪待在身邊，我會渾身不自在。再說，我可沒錢養你這種閒人、讓你白吃白住。難道你能自己賺伙食費嗎？」

「這……我沒辦法。」

「看吧。」

「可是，我可以幫忙，我會打掃、洗衣服。再說，這個房間會不會太髒了點？」

「吵、吵死了。我不擅長做家事啦。」

「所以我會負責這些家事，我也會做飯。」

「哦？」

這次換成阿百瞪大眼睛。

「那麼，你煮點什麼來瞧瞧。」

「好啊，可是巧婦難為無米之炊，沒有米嗎？味噌呢？」

「……我幾乎不做飯。喏，這個給你。」

阿百懶得跟他你一句、我一句下去，隨手將懷裡的錢包交給焦茶丸。

「表長屋[5]那邊有米店和蔬菜店，你去買你喜歡的東西，然後煮點什麼來吃。啊，外出時，記得把尾巴藏起來唷。這點你好歹做得到吧？」

「當然做得到。……如果我能煮出合妳胃口的菜，妳就會讓我待在這裡嗎？」

「如果合我胃口的話，欸，我倒是可以考慮一下。」

雖然阿百嘴上這麼說，但是壓根沒有打算留下他。焦茶丸的外觀是個討喜的孩子，但他其實是不折不扣的精怪。她才不要這種吃

5 譯註：面向大馬路，經商的店鋪兼住宅。

閒飯的，再說，還要養別人也令她火大。

阿百心想，他要是拿著錢包裡的錢逃走就好了。她捨不得那些錢，但是若能損失點小錢趕走麻煩貨，也算是賺到。

焦茶丸並不知道阿百正在思考把他趕出去的藉口，三兩下工夫就讓尾巴變不見，精神奕奕地跑出去。當他回來時，捧著多到雙手快拿不動的蔬菜、雞蛋和米袋，但是他的臉氣鼓鼓的。

「阿百姐，妳太過分了。錢包裡根本沒半毛錢！」

「是嗎？可是，你倒是買了一大堆東西回來。怎麼回事？難不成你把葉子變成小金幣了？」

「我才沒有做那種事！我在店前面發愁時，老闆娘們走了出來。然後，我說我在阿百姐家叨擾，她們就突然開始給我各種東西，還說她們會記在帳上，叫我快點拿著這些回去。」

「哼，她們八成覺得要是怪物長屋的傢伙在店門口待太久，蔬菜和魚都會爛掉。算了，反正你能拿到東西就好。」

「話是這麼說沒錯，但是……我總覺得哪裡怪怪的。」

焦茶丸雖然一臉困惑的表情，但是手腳俐落地動起手來。他在爐灶生火煮飯，手勢靈巧地開始切菜。

過了不久後，飄出味噌湯的香味。

那香味令阿百的胃躁動起來。仔細一想，自從搬到這個房間之後，她不曾煮過味噌湯。最後一次做飯，也久到想不起來是何時。

三餐總是在附近的熟食店或餐館草草解決，回家只顧喝酒，所以她完全忘了原來房間內充滿飯菜香，是如此溫暖、溫馨。

火鍋咕嚕咕嚕作響，令阿百入迷地聽了許久，甚至有些昏昏欲睡起來。

當她聽見有人喊她名字、睜開眼時，臉上沾著煤灰的焦茶丸盯著她直瞧。

「哇啊，你看什麼看！」

「飯煮好了。請品嚐看看。」

阿百朝他指的方向看去，驚訝得說不出話來。擦得一塵不染的地板上，擺放著剛煮好的白飯、熱騰騰的白蘿蔔味噌湯、鬆軟的煎蛋，以及四尾烤得飽滿彈嫩的沙丁魚。

豐盛的早餐看得阿百目瞪口呆。

「……你是在哪裡學會煮飯的？」

「嘿嘿，我在山上是掌廚的，無論煎煮炒炸，我都很拿手。快快快，趁熱吃。啊，我也肚子餓了，我陪妳開動。」

焦茶丸將自己的飯和味噌湯盛進碗公，大口大口地吃了起來。

看到他旺盛的食慾，阿百也終於拿起筷子。

她先吃白飯，美味無比。煮得剛剛好，米飯的香甜彷彿在口中跳舞。

接著，她喝了一口味噌湯，這也好喝。不會太鹹，也不會太淡，湯頭和湯裡的白蘿蔔是絕配。

最令人驚艷的是煎蛋。味道香甜，鬆軟得像是高級被褥，讓她一口接一口，欲罷不能。

等她回過神來，已經將自己面前的飯菜吃得一乾二淨。

她猛然抬頭，和賊笑的焦茶丸四目相交。那張勝利者的得意表情，著實令人不爽。

「怎麼樣？我可以待在這裡吧？」

阿百正要回答時——

「阿百，生意上門了。」

一個粗獷的聲音從外頭傳來，大門立刻被稍微推開，一個小東西被丟了進來。

焦茶丸尖叫一聲，縮起身子，阿百不為所動地走下泥地玄關，撿起被扔進來的東西。

那是一封摺好再綁起來的信。

阿百沒有查看門外是誰，直接解開繩結閱讀內容。讀完時，她的臉上浮現笑容。

「不好意思，我沒空陪你玩了。」

「咦?!」

「我要出門一趟。客人找我，有工作。」

「既然這樣，我也一起去。」

「別開玩笑了。」

阿百嚴厲地說。

「帶你一起去見客人？我可不想被客人發現你的真面目。萬一客人知道，我就死定了。」

「我絕對不會被識破，而且就算妳說不行，我也會跟著去。總之，我決定了，我不會讓主人的鱗片離開視線。」

「你這傢伙！真想把你煮成狸貓湯！」

「不管妳怎麼恐嚇我，我都不會認輸！」

兩人持續爭執了一陣子，最後是阿百妥協。

「可惡……約定的時間要遲到了。吼～好啦好啦。那麼，你就以隨從的身分跟著來。不過，你要藏好尾巴，別讓人看穿你的真面目。還有，絕對不准插嘴多話，聽見了沒？」

「是！我會假裝自己是啞巴。」

「最好是！啊～事情怎麼會變成這樣……」

阿百迅速化妝，梳整散亂的頭髮之後，將女用頭巾整個包住頭。如此一來，就會遮住眼周，連眼罩也不易看見。

焦茶丸在一旁看著，欽佩地說：

「原來阿百姐也會變身啊。」

「這才不是變身，而是為了出門而打扮。好了，走吧。要是拖拖拉拉，被客人跑掉可就糟了。」

阿百帶著焦茶丸走出房間，周圍是密密麻麻、一樣破舊的長屋，但是靜得出奇，彷彿沒半個人。

阿百邁開步伐，快步走在長屋和長屋之間的通道。焦茶丸緊跟在後，像是突然想到似地開口問道：

「對了，妳的工作是什麼？」

「失物協尋師。」

「失物協尋師？尋找遺失物的人嗎？」

「沒錯。像是掉了的錢包、人間蒸發的丈夫，或者不知道在哪裡的物品，找到這些東西就是我的工作。可是，有時候也會有人委託我尋找因果糾纏的物品。」

「因果？」

「給我做好心理準備。按照我的直覺，今天委託的就是那一種工作。」

說完之後，阿百咧嘴一笑。

半小時後，阿百和焦茶丸抵達了要去的人家。

那是一間雅緻的獨棟宅子，外觀像是小有資產的老翁退休後頤養天年的住處。小歸小，但是處處透著低調的品味。周圍零星散布著幾棟相仿的房屋，和擁擠不堪的長屋簡直是天壤之別，稍微遠離城鎮的鬧區，還能夠清楚聽見鳥語啼囀。

阿百沒走正門，而是繞到後門。

「不好意思，我是失物協尋師，有人在嗎？」

她一打招呼，大門隨即打開，出現一名發福的中年婦女。她的眼神和容貌說不上是和靄可親。

「噢~妳就是失物協尋師啊。那麼，這邊請。快進來。」

女人生怕被人看見似地，連拉帶扯地將阿百和焦茶丸拉進屋內。

她自稱阿近，接著上下打量阿百。

「哦~比我想像的還年輕嘛。聽說妳什麼都找得到，真的嗎？要是唬人的，我可是一毛錢都不付唷。」

阿近直截了當地說，阿百毫不客氣地回嘴：

「等我找到東西再付錢就行。若要尋找物品，收一分錢；若要找人，收一兩；若是不一般的難找物品，則收二兩。」

「開價不低嘛……罷了。要是妳真能找到，不管是一兩、二兩，我都付。……妳已經聽說事情原委了吧？」

「牽線人的信上，只寫了要我在此處找到遺失物。」

「哎呀，是嗎？那麼，我就直說了，我希望妳找到的是藏在這間宅子裡某個地方的東西。可是，那個隱藏地點在被遺忘的記憶中。」

「記憶？」

「欸，讓妳親眼看比較快。這邊請。」

但是，才在走廊上走沒幾步，一旁的紙拉門突然打開，一名年輕女孩探出頭來。她大約十四、五歲，長得很像阿近，體格也高大肥胖，一雙瞇瞇眼閃爍著惡意的光芒。

「娘，她就是要幫我們找那個的人嗎？」

「阿勝，妳去那邊待著。」

「有什麼關係嘛。我也想看看。我問妳，聽說妳有妖魔的眼睛，真的嗎？其實是騙人的吧？」

果然是有其母必有其女。阿百感到厭煩，焦茶丸在她身後瞠目結舌，但是他遵守約定，閉上嘴巴。

「阿勝，妳夠了沒？這可不是鬧著玩的。」

「我知道啦。可是，人家想看看嘛～好不好嘛？我不會礙事的。」

「……真是拿妳沒輒。」

「嘻嘻嘻。」

於是，名叫阿勝的女孩也加入，四人進入內側的房間。

那是一個狹小、簡陋的房間。或許原本是儲藏室或雜物間，沒有鋪榻榻米的木地板顯得冷冰冰。空氣沉悶，瀰漫著屎尿的惡臭，為了除臭而焚香，但是效果並不大。

房內鋪了一組被褥，一名老人躺臥在上面。相較於胖到可恨的阿近母女，老人瘦得只剩皮包骨。他眼神呆滯地睜開雙眼，嘴巴張開，嘴角掛著一道口水；每一次呼吸，都會發出「喀～喀～」的卡痰聲。

阿百皺起眉頭。根本無需釋放左眼的力量。這名老人只剩下半條命，雖然身體勉強活著，但是毫無靈魂的氣息。

究竟靈魂去了哪裡？

這也無需尋找。

阿百在被褥旁邊，看到一雙模糊的腳。那雙瘦骨嶙峋的腳只到腳踝，左腳的小趾和食趾沒有趾甲，而且被駭人的火焰包圍，噗滋噗滋地緩緩燃燒。火焰的顏色是鮮紅與漆黑，也就是憤怒和怨恨交織而成的地獄之色。

阿百心想，這件工作或許收二兩也划不來，暗自咂嘴。搞不好自己會被附身。

她繃緊神經，詢問阿近：

「這位是？」

「我叔叔。他叫勇五郎，從前是知名老字號蠟燭批發商的老闆，後來把店交給養子夫婦，窩居在這間從小長大的房屋。這也就罷了，但是最近整個痴呆了。有一陣子真令人頭疼，他會拔自己頭髮，跌倒掀掉趾甲。可是，像這樣整天臥床不起，讓人看了也怪可憐的。」

「……這樣啊。」

阿百一眼就看穿她在說謊。倒不是因為阿近的語氣太虛偽，而是因為她每說一句話，那雙燃燒著的腳就會用力跺腳，彷彿要將木地板踏穿。阿百甚至幾乎能夠聽見祂嘶喊「騙人、騙人」的吼叫聲。

阿百徹底厭煩了。或許是因為這個緣故，她突然感到尿意。

她轉身問阿近：

「啊，不好意思，廁所在哪裡？」

「咦?!廁、廁所？」

「對。真不好意思，但是來的路上沒有廁所。」

「……真傷腦筋。阿勝，妳帶她去。」

「我才不要。妳吩咐阿裕帶她去不就好了？」

「說的也是。阿裕！妳過來一下！」

阿近一呼喚，隨即出現一名個頭嬌小的女孩，大概只有十二歲左右，膚色黝黑，身形乾瘦，雙手滿是凍瘡，但是她的眼神充滿真誠。阿百覺得終於在這戶人家中遇見一個像樣的人，悄悄地鬆了一口氣。

名叫阿裕的女孩跪了下來，她頻頻望向躺在內側的勇五郎老先生，眼神中滿是擔憂。

「您找我嗎？」

「嗯。妳帶客人去廁所。」

「是……呃，老爺的情況如何？」

「這輪不到妳操心，做好我吩咐的事就行了。」

阿近尖酸刻薄地說，阿裕像是被潑了一桶冷水似地垂下了頭，可憐的模樣令人於心不忍。阿百尿意愈來愈急，連忙打圓場。

「好了好了，夫人，妳這樣斥責她，她太可憐了。妳叫阿裕對吧？快點帶我去廁所，我忍不住了。」

「啊，是！」

「焦茶丸，你乖乖待在這裡，不准亂跑。」

焦茶丸點了個頭，眼睛好像無法從可憐的臥床老人身上移開。

於是，阿百得以逃離充滿惡臭和有駭人的腳的房間，但是她才剛鬆一口氣，馬上心頭一驚。

因為那雙腳竟然一起跟了過來。

阿裕走在前頭，有一雙腳配合她的步調、緩緩走在她的身旁，但是腳上的火焰顏色已和剛才不同，變成了溫暖人心的淡紅色。

難不成……阿百暗忖，對阿裕說：

「阿裕，妳在這裡幫傭很久了嗎？」

「……兩年了。」

「這麼說來，妳十歲左右就來幫傭了？那位勇五郎老爺是個怎樣的人？」

「他人很好。他常說我還是孩子，不用那麼拼命工作，給我點心吃……嗯，他把我當作孫女一樣疼愛。但是，自從那些人來了之後……」

「那些人是指那位夫人她們嗎？」

「她們根本是瘟神！」

彷彿一直壓抑的情緒爆發似地，阿裕激動地訴苦：

「她跑來找老爺哭訴，說她被丈夫休掉，趕出家門。老爺心腸好，安慰她『沒關係、沒關係』，讓她們在家裡住下來。結、結果她們一住進來，就開始亂搞一通，為所欲為！」

她們擅自竊取文庫裡的錢，還把勇五郎珍藏的貴重香爐和從中國進口的瓷壺拿去變賣。

大概是阿近母女胡作非為，造成勇五郎心裡的負擔。據說從那時起，他就開始出現了異狀。他時常叫錯阿裕的名字，吃過晚餐後還會一再催促「飯還沒煮好啊。」

福無雙至，禍不單行。有一天，勇五郎在庭院散步時滑倒，腰重重地撞到庭石。大概是這一撞撞得不輕，從此之後就無法起身了。

但是，阿近她們非但不找醫生，反而把勇五郎關進儲藏室。理由是勇五郎開始大小便失禁，阿近嫌他髒。

阿近命令阿裕照顧勇五郎。阿裕受過老爺的恩惠，也想要幫助他，但是不知道該怎麼做。她只能用心做飯、替他清理大小便，讓他起碼日子過得舒服些。

勇五郎的痴呆情形日益嚴重，但偶爾也會恢復清醒。這種時候，他會盯著阿裕的臉，反覆嘀咕同樣的話。

「我把寶物藏在這個家裡。妳要記住，寶物，我藏起來了。有寶物唷。」

阿裕反問了好幾次「藏在哪裡？」因為她心想，如果得到那件寶物，就能帶著勇五郎逃離這個家。

但是，勇五郎偏偏忘了關鍵的藏寶地點，怎麼也想不起來。

聽到這裡，阿百恍然大悟地點點頭。

「我想通了。那位夫人希望我找的是藏寶地點。她要我探尋痴呆老爺的記憶，找出那個地點。就是這麼一回事吧？」

「……是的。有一天，阿勝大小姐偷聽老爺和我的對話……從此之後，老爺就受到更慘的對待。她們逼他說出寶物在哪裡。」

她們母女對他潑水後置之不理，還剝掉他的腳趾甲，百般折磨勇五郎。但是，身體衰弱的老人怎麼可能承受得了那些酷刑。結果，勇五郎沒有想起藏寶地點，也變成了活死人。

事到如今，阿近和阿勝急了。她們兩人已經把勇五郎的積蓄揮霍一空，無論如何都想得到被藏起來的寶物。於是，她們不知從哪裡得知失物協尋師——阿百的存在，聯繫上了她。

說到這裡，阿裕拼了命地苦苦哀求阿百。

「求求妳，請拒絕這件工作！那些人找到寶物的話，下次真的會殺掉老爺！」

「慢著、慢著。不要嚇人，說什麼殺不殺的。」

「真的！那些人真的會動手！」

「妳先冷靜點。不好意思，這也攸關我明天的三餐呢。我沒辦法拒絕。比起這個，妳快帶我去廁所。我快要尿出來了。」

「……」

阿裕雖是孩子，但充滿憤怒和輕蔑的眼神卻銳利如刀。

她在此之後悶不吭聲，默默地走著。走在一旁的雙腳也靜靜地留下足跡而去。

終於走到廁所時，阿裕冷淡地拋下一句話。

「這裡就是了。妳能自己回去吧？」

「嗯～謝啦。」

「……」

阿裕忿忿地瞪了阿百一眼，頭也不回地離去。

但是，那雙腳沒有離開。阿百打開廁所的門時，祂竟然搶先一步進去了。

「喂，饒了我吧。」

阿百一面哀號，一面隨後走了進去，心想乾脆摘掉眼罩，把祂趕出去算了，這時她突然一驚。

這次換成廁所的牆壁上出現了掌印。掌印啪嗒啪嗒地留下一連串黑色污痕，逐漸往上爬升，在天花板處消失。

阿百「呼」地嘆了一口氣。她有點猶豫是要先解決內急，還是先查看天花板上面。

阿百從廁所回來時，阿近和阿勝語氣不耐地對她咆哮：

「妳未免去太久了吧！」

「就是啊。妳想讓我們在這種臭烘烘的房間待到什麼時候？」

「啊，真是對不住。我馬上開始。那麼，妳們希望我尋找的記憶是什麼？」

如同阿百所料，阿近回答「勇五郎的藏寶地點」。

「叔叔原本說過好幾次要把寶物給我，但是他痴呆了，忘記藏寶地點。我並不是想要錢，但是一想到不知道他藏了什麼，實在是坐立難安。」

她裝可憐地說，但是眼中閃爍著貪婪的光芒。

「所以怎麼樣？感覺能夠找到叔叔的記憶嗎？」

「妳聲稱什麼都能找到，當然做得到吧？」

不光是阿近，連阿勝也嘴臉難看地湊上前來。阿百一面心想「真是一對無可救藥的母女」，暗自咂嘴，一面對她們微微一笑。

「與其搜尋妳叔叔腦海中模糊的記憶，我有更好的方法。總之，只要能夠找到被藏起來的寶物就行了吧？」

「是啊。……妳找得到吧？」

「嗯。那麼，我們立刻來找吧。」

阿百脫下頭巾，靜靜地摘下眼罩。阿近和阿勝看到她露出的藍眼，驚呼一聲，渾身僵硬。阿勝甚至嘟囔：「哇啊，好噁心！」

焦茶丸的身體像是氣得要膨脹。阿百輕輕揮手，示意要他冷靜。如今，阿百不會再因無禮小丫頭的一句話而受傷。畢竟她至今早已被成千上萬句、遠比這更惡毒的難聽話羞辱過。比起面子問題，她更想盡快完成工作，離開這間宅子。

阿百重新環顧房內。

現在，阿百同時看著兩個世界。

一個無異於平常看到的世界。

但是另一個從左眼看到的世界，全部染上藍色。無論是人、牆壁或地板，全都籠罩在深淺不一的藍色之中。

但是，也有物體浮現藍色以外的顏色。

譬如說，從阿近和阿勝母女身上，冒出刺眼的黃色火焰，形成「金」[6]這個字。

焦茶丸被柔和如絨毛的白光包圍。

而躺在一旁的勇五郎老先生身上，則毫無光芒。非但如此，阿百透視被褥，看見他的身體從手腳一點一點地發黑。

這位老人行將就木。不，他就算早已死去也不足為奇。但是，他仍頑強地存活著，緊緊抓住殘敗不堪的身軀，拼命延緩死亡。

阿百望向阿近的身旁，心想他為了什麼苟延殘喘？

這時，她已能清楚看見勇五郎的靈魂。祂被紅色和黑色的火焰燒灼，唯獨眼睛閃爍著白光，瞪著阿近母女，憎恨的眼神令人毛骨悚然。這與其說是生靈，已經堪稱怨靈了吧。

儘管感到寒意爬上肌膚，起了一身雞皮疙瘩，阿百依然盡量平靜地問：

「勇五郎先生，您想起來寶物的所在了嗎？」

勇五郎惡狠狠地瞪向阿百，但是她毫不畏縮。

「勇五郎先生，寶物啊。您有寶物要給阿近夫人她們吧？你想給阿近夫人她們的東西，請告訴我在哪裡。喏，想起來了吧？」

阿百使勁地對勇五郎說出一字一句。阿近她們嚇得逃向房間角落，但是阿百連看都不看她們一眼。因為阿百此時該理會的對象，只有勇五郎一人。

在阿百耐心地詢問下，勇五郎忽然顯現理解的神情。祂咧嘴一

6 譯註：日文的「金」意謂著「金錢」。

笑，隨即走出房間。

「看來是這邊。」

阿百立刻追上勇五郎。其他人也慌慌張張地隨後跟上。

勇五郎的生靈悄無聲息地行走。從他的身體延伸出一條白色細線，連接被迫躺在狹窄、陰冷的儲藏室裡的身體。它像是臍帶一樣，是連接肉體與靈魂的生命之線。但是，它太過纖細，感覺隨時都會斷裂。

阿百心驚膽顫地祈禱：拜託，千萬不要斷。假如生命之線此時一斷，勇五郎必將化為怨靈。縱然是阿百，也處理不了心懷如此強烈怨恨的凶靈。如果可以的話，她不想對付祂。

不久之後，勇五郎停下腳步。那裡是一個小庭院，裡面有一棵大櫻花樹。勇五郎筆直指著那棵樹的根部。

「那邊的櫻花樹根部，好像埋著什麼。」

阿百一告訴眾人，阿近她們的眼神立刻改變，連忙呼喚阿裕。

阿裕不情願地出現，母女倆立刻口沫橫飛、喋喋不休地說：

「吼～我說妳呀，快去拿鋤頭，然後把這邊的土挖開！」

「動作快啊！」

阿裕用憤恨的眼神看了阿百一眼之後，按照吩咐拿來鋤頭，開始挖開堅硬的地面。

覺得讓阿裕一個人挖未免太殘忍，焦茶丸默默地幫忙。

阿百並沒有出手相助，因為她不能把目光從身旁的勇五郎身上移開。

生命之線漸漸地變細。趕快！趕快！必須在它斷掉之前，實現勇五郎的心願。

秋高氣爽的晴空下，阿百靜靜地佇立在一旁，腋下冷汗直流。

不一會兒，阿裕和焦茶丸挖到了一個小盒子。那是一個朱漆盒，嚴實地綁著銀繩。

「就是那個吧?!真的有！」

「快、快給我！快啊，快點交給我！」

阿近和阿勝宛如群起搶魚的野貓，撲向盒子。她們像是要扯斷似地解開繩結，「啪」地打開了盒蓋。

頓時，兩人停止了動作。

「咦?!」

「這是什麼?」

阿百、焦茶丸和阿裕都往盒內細瞧。

在盒內的是一隻白色的小守宮[7]。牠或許是在睡覺，閉著眼睛，一動也不動。但是，阿近搖晃盒子之後，牠「啪」地睜開眼皮，露出的眼睛紅得像血。

下一秒鐘，守宮像是閃電一樣，迅速地從盒子竄出來。

「啊～～～」

「不要啊！」

被嚇壞的母女拋下盒子，兩人一起「咚」地跌坐在地。守宮爬過她們的身體，一溜煙跑進了庭院的某個地方。

阿裕「噗哧」笑了出來。焦茶丸也哧哧地竊笑。

但是，阿百沒有笑。因為勇五郎在她身旁笑著。

7 編註：一種壁虎科的爬行動物，經常出現在宮殿與住家，因此古人認為是一種守護宮殿的爬蟲，所以稱之為守宮。

勇五郎捧腹哈哈大笑。祂面露凶狠的笑容，彷彿在說「整到妳了」，抱著肚子，身體搖晃。從他身上已經看不見生命之線了。

斷掉了嗎？

阿百在心中嘀咕道，在此同時，阿近和阿勝怒不可遏地站起身來。

「妳笑什麼笑啊！」

阿勝先甩了阿裕一巴掌。

但是，她母親阿近的怒火直接衝著阿百而來。

「這是怎麼一回事?!這、這根本不是什麼寶物嘛！居然是守宮，噁心得要命！」

「這我可就不知道了。」

阿百裝傻。

「我只是按照那位老爺的記憶，找到了他藏起來的東西而已。至於裡頭是什麼東西，我也不知道。話說回來，我東西也確實找到了，是不是該請您付錢了呢？」

「開什麼玩笑！誰要付妳錢啊！滾出去！馬上從這裡滾出去！」

「這跟事先說好的不一樣耶?!」

「廢話少說！我叫妳滾，妳這個怪物！」

阿近披頭散髮，潑婦罵街。阿勝對母親說：

「娘，順便也把阿裕趕出去！這種笨手笨腳的孩子，我們再也不需要了！」

「嗯，說得對。阿裕，妳也給我滾。妳被解雇了，妳跟這個女人一起滾出去！」

阿裕的臉色變得鐵青。

「可、可是，老爺需要人照顧……」

「那種臭老頭再也不必照顧他了。那傢伙只需要一副棺材。吼～氣死我了！你們現在再不走，我就叫人了！」

怒吼聲令阿百啞口無言，她聳了聳肩。

「吼～好啦好啦。我知道了，我走就是了嘛。像妳們這種死要錢的女人，妳們的臭錢，我一文錢都不稀罕。阿裕，妳跟我們一起走。快，過來啊。」

阿百一把揪住阿裕的後頸，粗魯地拖著她離開這間宅子。但是，離開的時候，阿裕激烈地反抗。

「放開我！請放開我！老爺他、老爺他還在那間宅子裡！」

「那位老爺死了，他剛死了。」

「咦?!」

阿裕停止掙扎。隨後跟上的焦茶丸也大吃一驚，瞪大雙眼。

「阿、阿百姐，妳說的是真的嗎？」

「嗯～真的啊。那位老爺的生靈變成死靈的那一刻，你沒發現嗎？」

「呃！有、有生靈嗎？」

「祂就在你旁邊唷。」

「啊～！」

「搞什麼鬼。你居然會害怕，像話嗎？」

「我討厭人的幽靈！很、很可怕嘛！」

焦茶丸嚇得渾身發抖，令阿百忍不住笑了出來。

但是，阿百和焦茶丸插科打諢時，阿裕也只是杵在原地，淚水隨即從她的眼中奪眶而出。

「那麼……老爺死了嗎？他、他真的死了？」

「嗯～很遺憾，但是人死不能復生。話說回來，他那副模樣還能活著就很不可思議了。」

阿裕猛然怒目而視，吊起眉梢。

「這、這一切都是她們倆的錯！老爺等、等於是被她們害死的！我要告發她們！我要去告訴官差！說她們倆害慘了老爺！」

「我勸妳算了吧。」

面對怒氣沖沖的少女，阿百冷冷地說。

「妳就算把事情鬧大，她們倆也會閃爍其詞地避開官差的盤查。搞不好還會反控妳謀害主人。為了避免事情變成那樣，妳不要再靠近那棟宅子還有她們倆了。」

阿裕緊咬嘴唇，焦茶丸像是在袒護她似地向前一步。

「可是，阿百姐，就這樣放過她們，未免太便宜這對母女了。如同阿裕所說，老爺爺之所以會死，就是她們倆害的。就算這樣，妳還是打算什麼也不做嗎？」

「我什麼也不做啊。因為沒有這個必要。勇五郎先生早就自己報仇了。」

「咦？」

「這、這話是什麼意思？」

焦茶丸和阿裕瞪大眼睛。阿百盯著他們，一雙異色瞳閃爍著澄淨的光芒。

「勇五郎讓我們找到的那個紅色盒子。那個啊，封印著那戶人家的守護神。勇五郎先生的父親或祖父，在建造那間宅子時，為了祈求全家平安，將守護神埋在櫻花樹下。」

「為什麼要那麼做？」

「這是一種咒術啊。只要守護神留守著，那戶人家就不會破滅。勇五郎先生知道這件事。他記得盒子在那裡，所以想要讓她們倆打開。」

那種咒術是邪術，不是用來敬奉神明的，而是以力量束縛，把神明禁錮於宅子。正因如此，神明離去時，反噬就會更加猛烈。

「按照勇五郎先生的計畫，那兩個笨蛋解開了那個咒術。……守護神逃走的人家，災禍馬上就會降臨。欸，你們等著看，過不了多久，她們倆就會遭到報應。」

「……怎麼可能。」

「哼，真是個嘴硬的小丫頭。那妳就去親眼瞧瞧。」

阿百話一說完，就一把抓住阿裕的手，順便也牽起焦茶丸的手。

頓時，阿裕和焦茶丸嚇得跳了起來。

「啊～！」

「哇哇哇！」

兩人眼中看到的是勇五郎的身影。他的身體泛著白裡透青的光，雙腳微微飄浮在半空中。先前那種鮮紅與漆黑的火焰消失了，但是全身上下殘留點點青黑色的痕跡。

「嗯……」

焦茶丸發出奇怪的聲音，身體軟癱乏力昏了過去。阿百見狀，心想「明明是狸貓怪，真是丟臉」，無奈地放開他的手。

而阿裕則是眼中泛著淚光。

「老爺……您、您真的去世了嗎？」

包圍勇五郎身體的青白色光芒，稍微轉為淡紅色。他凝視著阿裕的眼神和先前截然不同，變得和靄。

阿百對他說：

「您滿意了嗎？」

勇五郎咧嘴一笑，但是沒有點頭。因為他還有心願未了。

「我知道啦。您是要我把那個交給她吧？真是個要求一堆的大老爺。」

阿百嘴上碎唸，但是從懷裡掏出一個小袋子，遞給阿裕。

「喏，這是老爺要給妳的。」

「咦？」

「這是勇五郎先生告訴我藏在廁所天花板上面的東西，要我替他保管的。這才是真正的寶物，而且這個是特地留給妳的唷。」

「留、留給我？」

「吼～真是的！急死人了。妳閉上眼睛。我也讓妳看一看我看到的東西。」

阿裕依言閉上眼睛。阿百摀住阿裕的雙眼，想起自己看過的景象。

阿裕渾身一顫。

「啊！」

「看到了嗎？」

「是、是的。我看到……老、老爺了！」

她看見了身子尚且硬朗時的勇五郎。他面露憂色，手裡拿著小袋子。阿裕的耳邊也傳來他脫口而出的低語。

「最近總覺得手邊的錢不見了。我不想懷疑自己人，但會不會是阿近或阿勝幹的呢？……我是不是不該讓她們進家門？阿勝好像也會惡意刁難阿裕。……無論如何，唯獨這個一定得藏好，絕對不能被偷走。因為我決定，在阿裕出嫁時要替她準備嫁妝。」

勇五郎一面自言自語，一面進入廁所，悄悄將袋子藏在天花板上面。

此時，阿百移開手。

「這樣妳明白了吧？妳可以睜開眼睛了。」

阿裕睜開雙眼，神情彷彿做了一場夢。

「剛才是……老爺……」

「是啊。是他過去的模樣。他把錢藏起來了，以免被阿近夫人她們偷走。所以，他好幾次想要告訴妳，有專門留給妳的寶物。他要妳找到它，得到幸福。」

「老、老爺！」

阿裕放聲大哭，面向勇五郎跪下。

「我沒有資格收下這麼貴重的東西。我救不了您，請您原諒！對不起！」

涙水從阿裕眼中奪眶而出，她的真情漸漸沖淡了仍殘留在勇五郎身上的青黑色怨氣，化為溫暖的顏色，不斷擴散開來。

阿百見狀，對勇五郎說：

「您不用再擔心這孩子了。……您該上路了。請懷著現在這份柔和的心情，往光明的方向走。」

勇五郎露出微笑。那是一抹宛如如來佛般的慈悲微笑。

祂的身影倏地淡去消失，消散於縱然以阿百的藍眼，也找不到的地方。

阿百悠悠嘆了一口氣，鬆開阿裕的手。原本泣不成聲的阿裕，猛然抬起頭來。

「老、老爺？」

「祂已經走了。」

阿百一面重新戴上眼罩，一面說。

「祂差點變成怨靈，幸好沒有，保持潔淨的靈魂走了。這多虧了妳，所以別再哭了。妳對老爺子忠心耿耿，已經盡心盡力了。倒是妳要不要確認一下祂留給妳的東西？」

「好、好的。」

阿裕打開袋口一看，裡頭竟然裝了十五兩金子。

「這、這麼多……」

「哇！我要收下其中二兩唷，我可是付出了相當的勞力。」

阿百眼明手快地抄走二兩，收進懷裡。阿裕什麼也沒說。

「那麼，妳接下來怎麼辦？妳也可以回自己家。如果無家可歸，不妨去常磐町拜訪阿菊婆婆。她是仲介人力的牽線婆婆，雖然個性強勢，但是眼光很準。只要付兩分錢，她就會替妳找到好雇主。在那之前，她會讓妳住在她家二樓。」

「阿百姐，謝、謝謝妳。」

「別謝了。我又不是為了妳才這麼做。我是為了錢，妳不必謝我。好了好了，快去吧。我叫妳快去。」

阿百不耐煩地揮手，阿裕第一次對她笑。

阿裕再度深深一鞠躬之後，小跑步離去。

阿百目送她離開之後，不斷拍打著仍昏倒在地的焦茶丸的臉頰。

「喂，狸貓。你打算躺到什麼時候？起來啦。」

「嗯，嗯~啊、阿、阿百姐。」

「別叫我阿百姐。只是看到靈魂就嚇昏，你不覺得丟臉嗎？」

「可是，太過突然，我嚇到了嘛。」

「真沒出息。欸，算了。比起這個，事情辦完了，我們趕緊回家。」

焦茶丸圓滾滾的雙眼猛然睜大。

「……我可以一起回去嗎？也就是說，我可以一起住嗎？」

「你別誤會。我只是覺得你有點用處，讓你留下來幫忙做家事。總之，回去之後，煮點熱的東西給我吃。還有蛋酒，加入一堆薑和砂糖的那種。」

「妳、妳感冒了嗎？」

「有點用力過度了。我不是讓你和阿裕看到勇五郎先生嗎？做那種事之後，就會像是血被抽乾了一樣，冷得不得了。所以，怎麼樣？你會煮熱的東西嗎？」

「我、我會！不管是烏龍麵或是白粥，只要是妳想吃的，我什麼都煮！」

「烏龍麵不錯，多加點炸麵衣進去。」

「是！阿百姐，謝謝妳！」

「喂！別黏過來啦！」

阿百嘴上罵歸罵，嘴角卻泛起一絲笑意。

於是，失物協尋師阿百的身邊，多了一隻賴著不走的狸貓怪。

三

「阿百姐，這到底是怎麼一回事？」

焦茶丸橫眉豎目，氣呼呼地朝阿百逼近。他的懷裡抱著那個千兩箱。

阿百裝傻。

「什麼怎麼一回事？」

「錢啊！那、那天的錢去哪了？阿裕給我們的錢，有一兩放進了這個箱子！明明應該有十三兩，但是只有十一兩！不但沒有增加，反而還減少了?!」

「噢~之前跟各家酒舖賒帳，我拿去還錢了，還有買新的酒。」

「妳喝太多了！這樣下去，這個千兩箱永遠不會有裝滿的一天唷！」

「吵死啦~你是我老婆嗎？一大清早就嘮嘮叨叨地碎唸個沒完。喝點酒怎麼了？從昨天就一直下雨，不是嗎？秋雨會令人心情煩悶。何況又沒客人上門，我從早上就想喝兩杯。」

「啊，不行！妳想趁亂用茶碗喝酒嗎?!」

「啊，還給我！你這傢伙！」

「我、我才不還！」

焦茶丸抱著酒瓶，拔腿就跑，阿百氣到面目猙獰，追著他到處跑。阿百終於把焦茶丸逼到牆角，正當她以為要逮到他時，焦茶丸抱著酒瓶，嗖地跳上了屋梁。

阿百一瞬間佩服他的身輕如燕，但是立刻回過神來，更加氣得不得了。

「臭狸貓，給我下來！」

「我、我才不要！如果希望我還給妳，請妳快賺二兩以上回來！」

「這傢伙！真是放肆！寄人籬下的食客，居然敢頂撞屋主?!」

「我、我才沒有白吃白喝！我有認真工作好嗎?!」

實際上，焦茶丸非常勤快地工作。他在阿百家已經住了十多天，除了準備三餐之外，還有打掃、購買雜貨、將阿百萬年不收的被褥拿出去曬……，整天像顆陀螺一樣忙進忙出。

多虧有他，原本布滿灰塵的房間變得乾淨又舒適，幾乎煥然一新。而阿百原本整天喝酒，身體彷彿也因為有好好吃飯而通體舒暢。

儘管如此，焦茶丸左一句「請妳多工作賺錢回來」，右一句「妳花太多錢喝酒了啦」，阿百受不了他唸個不停，每天都會後悔好幾次：「真不該同意他留在這裡！」

如今連最愛的酒都被搶走，令她相當光火。

「你這個王八蛋！氣死我了！話說回來，你這個寄人籬下的傢伙，憑什麼管我的錢?!叫我別亂花，但那本來就是我的錢，老娘愛怎麼花是我的自由吧？這樣太扯了吧？」

「才、才不扯。我好歹是負責掌廚的，負責掌廚，等於也要管家計，多唸幾句是天經地義的啊！」

「豈有此理！你這隻狸貓，我說一句，你頂十句！我要用掃帚把你打下來！」

就在阿百怒火攻心拿起掃帚時，門口傳來輕輕敲門的聲音。

阿百和焦茶丸瞬間忘了剛才的爭吵。尤其是焦茶丸眼睛一亮，從屋梁跳了下來。

「快快快！是、是客人！說不定是要來委託工作！」

「我知道啦。你快把那條尾巴藏起來！」

「啊，是！」

阿百一面用手整理凌亂的頭髮，一邊開門。開門一看，大感失望。門外的人是一樣住在長屋的藤十郎。

「搞什麼，是你啊？」

「阿百，劈頭就沒好話啊。」

藤十郎的嗓音響亮而動聽，一如他的外貌，是個令人驚艷的美男子。

他的身形挺拔修長，宛如演員般端正的五官，渾身散發出一股撩人的魅力；髮量豐盈的飄逸長髮令人羨慕不已，配上細如凝脂的雪白肌膚，十分相襯。

他懷裡抱著一尊巨大的公主人偶，由於大小幾乎與真人無異，因此看起來就像是女人依偎在他懷裡。

實際上，藤十郎深情款款地抱著人偶，小心翼翼地替人偶撐傘，唯恐她淋到雨。他自己反倒淋濕了，但是那副模樣更添魅惑，可謂嬌艷動人。

阿百瞄了人偶一眼，皺起眉頭。

「又換新的人偶了嗎？」

「是啊。她是我珍愛的公主。我們從三天前開始一起生活，她分秒都不想和我分離，所以就帶她一起來了。」

喀噠、喀噠。

或許是藤十郎微微地動了什麼機關，人偶竟栩栩如生地偏了偏頭。因此，感覺它像是目不轉睛地望向阿百。這活生生的動作，令在阿百身後的焦茶丸幾乎是屏住了呼吸。

藤十郎看到焦茶丸的反應，微微一笑。

「噢～原來是真的啊。超難追的阿百終於和男人開始同居了，這件事在長屋成了八卦。但是……就男人來說，他會不會有點太年幼了？這孩子是哪來的？」

「路上撿來的。倒是藤十郎，你有何貴幹？」

面對態度冷淡的阿百，藤十郎毫不動氣。他一面撫摸公主人偶的臉頰，一面平靜地開口說自己有事相求。

「我昨天發現一個女孩。哭得抽抽噎噎，甚是可憐。可是，我現在照顧這位公主就分身乏術。雖然令人同情，但是我沒空陪她，所以我想拜託妳。她今晚應該會來訪，妳能不能聽她說一說？」

「我才不要，恕我拒絕。」阿百毫不留情地回絕。

「你說的那些女孩都賺不了錢，別開玩笑了。你明知我最討厭做白工了！」

「但是，這次說不定有賺頭唷。好嘛～拜託。就當我欠妳一次人情，好嗎？」

「那種送秋波的技倆，你還是去對其他女人用吧。對我沒效唷。」

「……我老早就想問了，妳真的是女人嗎？」

藤十郎打從心底感到不可思議似地說完之後，神色慌張地將臉湊近人偶。

「妳在吃什麼醋？我最愛的女人只有妳。嗯嗯，當然，事情辦完了，我要回去了。阿百，剩下的就拜託妳了。」

「別鬧了！誰答應受你委託啦！」

「妳這麼說也沒用，我已經告訴她妳家在哪了，她今晚一定會來訪。她很可憐，妳別對人家太兇唷。」
話一說完，藤十郎和人偶一同在雨中離去。
「碰」一聲，阿百用力地甩上門，臉上滿是不悅的神色。
但是，焦茶丸還愣在那，臉色也變得慘白。阿百擔心地問：
「焦茶丸，你還好吧？怎麼了？」
「那、那個人偶……活、活著。她、她在瞪妳！」
「噢，是啊。」
「可、可是它明明是人偶。」
「因為裡頭有靈魂。剛才的男人名叫藤十郎，職業是祈禱師。」
阿百一面從泥地玄關走上木頭地板，一面說。
「所有法術中，他最擅長的是驅除附身的鬼魂。但是，那傢伙只對付女性怨靈。他的做法也很奇特，先讓怨靈附在自己身上，當對方的說話對象。仔細聆聽怨靈傾訴怨恨與悲傷，安撫怨靈，等到祂平靜下來之後，再讓祂附到活人偶身上。然後，他會把人偶當作情人對待，喃喃訴說千百萬次甜言蜜語、呵護備至、百般寵愛。最後，充滿怨恨的女鬼也會幸福無比而升天成佛。」

「好、好厲害……」焦茶丸瞠目結舌。

「一般人根本做不到那種事。」

「是啊。那傢伙是徹頭徹尾的變態。」

「變、變態？」

「那傢伙正是因為人偶就像活著一樣，才會開心得不得了。靈魂進入漂亮的人偶，從單純的物品變成特別的生物；在他眼中，那種狀態似乎非常迷人。無論再兇狠的怨靈，只要進入人偶，對於藤十郎而言，就只會變成心愛的女人。他會真心去愛，全心付出，所以那些靈魂都會得到安息。然後，不甘寂寞的藤十郎又會尋找其他鬼魂，就是這麼回事。」

阿百心想，這種異常的癖好居然能夠造福人間，實在可怕。

焦茶丸用力吞了口水。

「那麼……人偶也是藤十郎先生製作的嗎？」

「不，那傢伙的手沒有那麼巧。你有看到那個人偶吧？那不是祈禱師做得出來的東西。」

「的確，它非常漂亮。」

「嗯，那是出自行家之手。那傢伙也是長屋的住戶，住在藤十郎的隔壁。他是人偶師——左近次，只對製作人偶有興趣，沉默寡言的男人。據說他一心想要製作完美的人偶，為此四處盜墓，從年輕女孩的屍體剝下骨頭和皮膚帶回來。」

「為、為什麼要那麼做？」

「天曉得。大概是要用來當製作人偶的材料吧。」

「媽呀……」

焦茶丸直呼「好恐怖」，嚇得渾身顫抖。

「為、為什麼妳這麼冷靜呢?!跟那、那種人是鄰居，妳、妳不害怕嗎?!」

「你現在才大驚小怪，會不會稍嫌晚了點？」

阿百錯愕地嗤之以鼻。

「住在這裡的人，包含我，都是不正常的傢伙。畢竟這裡可是怪物長屋。」

「咦?!怪、怪物？」

「你什麼都不知道，就想在這住下來嗎？」

阿百更加錯愕了。

「沒錯。這裡是惡名昭彰的怪物長屋。住在這裡的人，個個絕非善類，都是和惡徒略有不同的異類，像是專賣奇怪藥品的藥師、墮胎婆、不男不女的過氣演員。啊，你別靠近對面最左邊的房間唷，那裡住著一個春畫[8]繪師。他幾乎整天光著身子作畫，而且描繪的都是驚世駭俗的畫。像你這麼膽小要是看到，晚上肯定會害怕得睡不著。」

焦茶丸嚇得鬼叫，渾身僵硬。阿百一邊從他手中搶走酒瓶，一邊咂嘴。

「唉～真是的！什麼鬼日子！雨下個不停，天氣又冷，還有隻狸貓吵得要命，而且居然還有人把幽靈硬塞給我！不喝酒，行嗎?!」

焦茶丸猛然抬起頭來。

「幽靈？妳、妳剛才說了幽靈？」

「是啊，你也聽到了吧？藤十郎說，她晚上應該會來訪。」

「妳、妳是說，祂是幽靈嗎？」

「藤十郎怎麼可能對活的女孩感興趣？他有興致搭話的，百分之百是死靈。」

「啊～～」

焦茶丸「咻」地鑽進摺好的被褥。

阿百心想，終於讓吵吵鬧鬧的傢伙閉嘴了，心情暢快了些，感覺這下子能夠安靜地喝酒到天黑。

8　譯註：浮世繪中描繪性愛場景的畫作，常具幽默與誇飾風格。

秋季日暮早。相較於夏季，太陽飛快地遁入天空彼端。這一天下著雨，黑夜更加陰沉地鋪天蓋地而來。

隨著夜色漸深，阿百的房間開始響起喀噠聲，那是焦茶丸的牙齒打顫的聲音。儘管他勉強從被褥出來，但是晚餐一吃完，他似乎換成整個人抖個不停。

阿百斥責他：「你有完沒完?!」

「你可是真正的精怪，幹嘛害怕區區死靈。」

「可、可是，可怕的東西就是可怕嘛。妳、妳不害怕嗎？」

「哼，我在怪物長屋掛著失物協尋店的招牌，這種事是家常便飯。」

「哇嗚……」

「假如你不喜歡，大可以搬出去。」

阿百以哄貓的語氣說，焦茶丸橫眉豎目地回望她。

「不，那可不行。我決定了要待在鱗片旁邊。……倒是妳啊，如果那麼嫌我礙事，快點把鱗片還給我就好了。我也巴不得這樣。」

「你想得美。」

「唉～果然不行啊。」焦茶丸深深嘆息。

「……距離千兩這個目標還很遙遠，唉～恐怕趕不上明年的神樂[9]了～」

「神樂是什麼？」

「每到新年，主人就會在山上跳神樂。這場意義非凡的神樂，表現好壞會決定那一年的山神恩澤。我想，如果能夠拿回鱗片，哪怕是一片都好，光是如此，主人就會心情大好、幹勁十足地跳神樂。」

9 譯註：祭祀神明時，獻上的舞蹈與音樂。

所以如果可以的話，我想在過年前帶著鱗片回去。」

「是喔。取悅主人也挺辛苦的嘛。」

「如果妳同情我，就把鱗片還給我。」

「不行。你要我說幾遍？先賺到千兩再說。好了好了，這個話題到此為止。」

阿百硬是打住話題。

「話說回來，你說過你是山裡的精怪吧？還說人間的空氣不適合你，那在這裡久留不要緊嗎？」

「啊，這沒問題。或許是因為妳替我取了名字，所以身體好像變成在人間也方便行動了。」

「……是喔。」

「啊，妳剛才在想『早知道就不幫你取名了』，對吧？」

「別讀人心。」

阿百皺緊眉頭時，從大門另一邊傳來「有人在家嗎？」的聲音。

那個陰鬱的聲音幾乎被雨聲吞沒。

焦茶丸嗖地再度逃進被褥中。

「哼，膽小鬼。」

阿百沒好氣地酸了他一句之後，走下泥地玄關打開大門。

門外沒半個人，但是雨水的氣味中，夾雜著混濁的泥土和水草的青澀味，在四周瀰漫開來。裹上肌膚的寒意和夜晚的涼氣截然不同。

有死靈。

阿百無奈地摘下眼罩，立刻看見了原本在此之前看不見的東西。

站在藍靛夜色中的是一名女孩，年約十五、六歲。她似乎是某戶商家的千金，身穿可愛的寬袖和服，但是髮髻鬆亂，從頭到腳全身濕透，腰部和肩頭纏著水草，草鞋掉了一隻。

阿百一眼就看出祂是水鬼。

好可憐。這個女孩八成是在哪條河的深處被困住而溺死。祂身上纏繞著認命的綠色火焰，看來知道自己已經死了。但是，憤怒的緋紅色、留戀人世的紫藍色火焰也從祂身上竄起。

按祂這種狀態，恐怕無法自行成佛。正因如此，藤十郎才會對祂搭話吧。女孩用混濁的黯淡眼神凝視著阿百。她一開口，水就會「咕嚕咕嚕」地溢出來。隨著那些水，女孩發出聲音。

「請幫我找、找到它，找到它，交給爹娘。」

「妳要我找什麼？」

「髮簪，它從手中滑落。明明應該緊緊握住，但是被河流沖走了。拜託妳，找到它，拿給爹娘看。他們就會明白、他們馬上就會明白。」

「明白什麼？」

但是，女孩只是不斷重複，希望阿百尋找髮簪。死靈執著於一個念頭是常有的事，阿百也沒有窮追猛問。但是，唯獨女孩的身分，她必須確認。

「妳是誰？找到髮簪的話，該送去哪裡？」

對此，女孩清楚地回答了。

「五十鈴町三丁目，磯子屋餐館。娘叫阿通，爹叫佐平。」

「妳的名字是？」

「阿市……」

就在此時，女孩的身影化為水漬散開來。「嘩啦」一聲，濺落地面的水和雨水混合，轉瞬間就分不清了。

一張白色紙片從那片水中浮了上來。那是一張人形紙片，緩緩地吸水後逐漸溶解。

阿百很不是滋味地低語：

「藤十郎這傢伙，居然在我家前面設下靈附人形符，難怪那個女孩能夠來到這裡。可惡！氣死我了！」

但是，阿百問了死靈的名字，也聽到祂的心願。如此一來，就只能接下這樁苦差事。

「明明賺不了錢。光是想到得做白工，我的胃就痛。吼～焦茶丸！焦茶丸，你要龜縮到什麼時候？快出來！」

焦茶丸悄悄地從被褥探出頭來。

「幽、幽靈呢？」

「已經回去了。這不重要，快去幫我煮甘酒，爆甜的那種。胃實在有夠痛的。」

阿百想到得做白工，再度嘆了一口氣。

隔天，阿百睡到將近中午。她起床之後依然動作遲緩，咬了一口焦茶丸替她準備的鹽飯糰，喝一口茶後，腦袋昏昏沉沉地抽了根菸。

等到她終於整裝完畢時，早已過了中午。

「那麼，我去找一下幽靈的遺失物，你要怎麼辦？」

「當然是一起去。」

「哈哈，我看你是怕我不在時，幽靈會來吧？」

「才、才不是咧！我是要陪在主人的鱗片左右！」

「咯咯咯咯！」

「妳、妳那是什麼笑聲！好討厭！」

「真不好意思，我就是個討人厭的女人。」

兩人一如往常地一邊拌嘴，一邊出門。

這一天，阿百頭戴草笠、深深壓低帽簷，並從一開始就拿下眼罩。如果戴著草笠，即使走在大街上藍眼也不醒目，而那隻藍色魔眼就算隔著草笠的網眼，也能看見奇異之物。

雨停了，但道路仍是一片泥濘。有隻蟲子從那片泥濘中，發出笑聲。

街邊的茶館屋頂上，坐著一個只有頭顱的女人。

有顆大眼珠骨碌的轉動著，緊貼在愉快聊天的老闆娘們背後。

但是，阿百看也不看這些事物一眼，一心追尋著那條線。

昨天的女孩——阿市，在阿百的家門前留下了足跡。阿百從她的足跡，將她的氣息和蹤跡織成一條線。

那是一條閃著虹光的細線。縱然出現其他千奇百怪的事物，阿百也不會看丟這條線。

但是，那條線在某處分成兩股；右邊的線直接延伸至人潮熙來攘往的大街，左邊的線則往偏離大街的方向而去。

線的前方有什麼？

阿百拉住線輕輕一彈，有水珠從左邊的線滴滴答答地落下。是水，這前方有水。

阿百想起渾身濕透、披著水草的阿市，毫不遲疑地決定往左邊前進。

隨著前進，人煙漸漸稀少。茂密的樹林綿延，水的氣味愈來愈濃。不久之後，碰上一條河川。水流平緩，但是感覺頗有深度。因為剛下過雨，所以水呈混濁的褐色。

阿百和焦茶丸沿著河岸往下游走去。來到一座小橋時，發現一束菊花供奉在橋墩。

焦茶丸露出悲傷的神情。

「……祂是在這裡去世的吧？」

「大概是吧。或者是打撈到她遺體的地方。……可是，她的執念似乎不是這裡。」

線往前延伸。

阿百他們沒有過橋，而是繼續往下游前進。這時，原本在道路上延伸的細線改變了方向，往河川裡去了。

忽然間，一股腥臭味刺鼻，阿百渾身打了個冷顫。

她在。那個女孩阿市，就在身旁。她一面哀怨地說「幫我找、幫我找」，一面將冰冷的身體貼近阿百。

現在，阿百與阿市分享那隻藍眼。阿市透過阿百的藍眼，開始尋找她心心念念的物品。

她終於找到了。

河岸附近的一叢蘆葦。泡在水裡的蘆葦根部一帶，發出深紫色的光芒。

阿百倏地挽起和服的下襬露至大腿，令焦茶丸「啊～」地大叫。

「阿百姐，這成何體統！」

「……」

「阿、阿百姐？啊，不行！不行啦！」

阿百無視阻止她的焦茶丸，「咚」地一腳踏入河裡。

河水冰涼，寒冷刺骨，而且淤泥沉積於河底，令她寸步難行。

但是，阿百毫不畏縮地邁步走至目標處，猛然將手伸進水裡。

手指觸碰到像是水草一樣，柔軟飄動的東西。其中，有一個又細又長的東西。阿百連同水草，將它從河裡撈起。

撲通——

發出小小的水聲，阿市的靈魂從阿百身上脫離了。

阿百回過神來，因冰冷的河水而直打哆嗦。

「厚臉皮的小ㄚ頭！竟然擅自借用別人的眼睛。可惡！妳生前一定被父母寵壞了。害我這麼狼狽，真想賞妳一巴掌！」

阿百破口大罵，勉強回到河岸上。

這時，焦茶丸已經貼心地收集許多乾草替阿百生火，並且用枯草使勁摩擦她像是蒟蒻般抖動的雙腿。多虧他，阿百漸漸恢復體溫。

焦茶丸看到阿百的顫抖漸漸緩和下來，開口問道：

「妳找到什麼了嗎？她說的髮簪嗎？」

「嗯，就是這個。」

阿百攤開緊握的手，給焦茶丸看手中的東西。焦茶丸倒抽了一口氣。

「這、這是……」

「連遲鈍的你也感覺到了嗎？嗯，沒錯。這就是阿市那個女孩留下的執念。阿市知道自己快要死的時候，八成想著無論如何都想緊緊握著這支髮簪，希望有人找到緊握著這支髮簪的自己。」

「……阿百姐。」

「怎麼啦？」

「妳、妳沒事嗎？之前的老爺爺也好，這次的女孩也罷，盡、盡是這種委託，妳真的不害怕嗎？」

阿百噗哧一笑。

「我說焦茶丸啊，告訴你一件事。這個世上真正可怕的不是死靈，也不是怪物，而是活人。如果待在我身邊，你就算不想看到，遲早也會親眼目睹那種傢伙。」

阿百以有些悲傷的語氣說完之後，用手巾包住撿起的東西，收入懷中。

「好，腳尖的感覺恢復了，我們差不多該走了，得把這個送去磯子屋。」

阿百恢復原本的語調說道。

五十鈴町三丁目，磯子屋餐館。

雖然店面不大，但是料理跟接待都是一流的，是一家喜愛風雅的客人絡繹不絕的名店。

但是如今，店門緊閉門可羅雀，陷入一片黑暗與寂靜，瀰漫著深深的哀傷和線香的氣味。這也難怪，畢竟獨生女阿市才剛過頭七。

磯子屋的老闆夫婦還有兩個兒子，但是他們將么女、也是唯一的女兒阿市，當作掌上明珠疼愛。正因如此，女兒的驟然離世，徹底擊垮了他們。

阿市從橋上墜入河中溺水身亡。

遺體馬上就找到了，得以厚葬。

但是，無論經過多少天，心中撕裂的大洞始終無法癒合，夜不成眠，食不知味。

就在這對夫婦活得像是行屍走肉時，一名陌生女子和一個孩子登門拜訪。戴著眼罩的女子自稱阿百，她說「我是來送還阿市小姐的遺物」，夫婦立刻讓兩人進入家中。

面對憔悴不堪的父親——佐平和母親——阿通，阿百放下一個用手巾包裹的東西。

「阿市小姐託我把這個交給你們。」

佐平和阿通沒有馬上拿起它。他們似乎稍微恢復神智，回望阿百。

「恕我冒昧，請問妳是什麼時候認識我們女兒的？……呃，妳看起來不像是她的朋友。」

「我們當然不是什麼朋友啦，是那位小姐拜託我的。昨晚，令嫒來到我家，希望我把這個送過來。」

夫婦倆的表情瞬間大變。佐平氣得臉色漲紅，阿通則反而是一臉鐵青，幾乎喘不過氣來。

佐平擠出沙啞的聲音說：

「妳這是什麼意思？為什麼要說這種惡毒的話？妳明知我們女兒剛去世，還、還說這種話，是想讓我們更痛苦嗎？」

「您誤會了。……我是失物協尋師。我的工作是找到一般人找不到的遺失物。」

「啊，原來是這樣啊！」

佐平怒斥道。他一面摟住哭泣的妻子的肩膀，一面滿懷憎恨地怒瞪阿百。

「妳是想趁人心脆弱時詐騙錢財吧？妳、妳打算說妳見到我們女兒的靈魂，勾引我們上當吧？但是妳休想得逞！給我滾出去！妳不滾的話，我就攆妳出去！」

佐平起身到一半，阿百迅速摘下眼罩露出藍眼，令佐平和阿通都倒抽了一口氣。

面對像洩了氣的兩個人，阿百平靜地告訴他們：

「如兩位所見，我生來就有一隻陰陽眼。不過請放心，我沒有半點非分之想，不會冒充令嬡的靈魂誆騙你們。我來只是受人所託忠人之事，令嬡希望我找到它，給你們看。這是她唯一的遺願。」

阿通回過神來，身體向前傾。

「這、這麼說來，妳真的見過我們女兒？」

「是的。我見過她，也講過話了。」

「啊、啊啊啊啊！」

阿通一面抽泣，一面顫抖著手打開手巾。頓時，她嚇得瞪大眼睛。

手巾裡出現的是一支髮簪，是一支年輕女孩會喜歡的可愛花簪。但是，或許是因為泡過水，顏色褪成灰白，重點是上頭纏繞著大量黑髮。

那是一撮艷麗的長髮。不是一、兩根，而是滿滿一把，像是蛇一般纏繞在髮簪上，令人心裡有點發毛。

阿通目不轉睛地看了許久之後，虛弱地搖搖頭。

「這、這……不是阿市的東西。可是，總覺得在哪裡看過……」

「……我撈起這支髮簪時，腦海中閃過了盤子，許多盤子和器皿。你們有沒有想到什麼？」

聽到阿百這句話，阿通「啊」地驚呼一聲，臉色變得更加蒼白。

「附、附近有一家陶瓷器店。阿市和那家店的女兒是朋友……可是，那一天……阿、阿市沒回來，我們四處尋找時，也問過她阿市去了哪裡。可、可是，她說今天沒見過阿市……」

「我敢打賭，那位小姐的頭上，現在一定禿了一塊。畢竟被拔掉了這麼多頭髮。」

「這、這麼說，是那孩子……害死了阿市？怎麼會……」

佐平也開始全身顫抖。看著他的眼中湧現懷疑和憤怒，阿百平靜地建議：

「你們直接拿著這支髮簪去給那位小姐看，她一定會吐露祕密。總之，我的任務到此結束，先告辭了。」

阿百留下茫然的夫婦，帶著焦茶丸迅速離開磯子屋。

返回長屋的途中，焦茶丸擔憂地頻頻回頭向後望。

「事情做到一半就不管了，這樣好嗎？」

「這樣就行了。接下來的事就交給他們兩位，那沒有我們置喙的餘地。」

「……我一直以為，阿市小姐之所以希望妳找髮簪，是因為那對於她而言是很重要的寶物，希望她父母當作遺物保存。可是，實際找到的髮簪卻令人非常不舒服……妳從一開始就知道了吧？」

「嗯，畢竟我看到了。」

阿百不耐煩地說。

「阿市來的時候，我就知道了。她渾身散發著留戀和憤怒的氣息，我一眼就看得出來她是被人殺害的。」

「……殺害阿市小姐的人，真的是陶瓷器店的女兒嗎？」

「大概吧。」

「……明明是朋友，為什麼要殺害她呢？」

「我哪知道。比起這個，快點回家比較重要。回去之後，你馬上幫我燒熱水，我的腳冷得不得了。」

「……阿百姐，妳最近會不會太把我當狗使喚了？」

「使喚食客有什麼不對？快快快，走快一點！」

阿百催促焦茶丸。

那天深夜，又有人敲響阿百家的大門。

阿百不理會害怕的焦茶丸，打開大門。站在門外的是祈禱師——

藤十郎。

藤十郎依舊小心翼翼地抱著人偶，對阿百笑。

「呦～阿百。那個女孩剛才來找過我了。她說感覺自己能夠升天成佛，來跟我道別和道謝。她開心地說，父母狠狠地教訓了那個壞女孩。」

「哼，她來沒找我，卻特地跑去跟你道謝？真是個討人厭的小丫頭，小小年紀就對男人搔首弄姿的。」

「阿百，妳吃醋嗎？」

「我才不會自貶女人身價，吃你這種人的醋。」

「妳還是一樣毒舌耶。我給妳添麻煩了，特意帶酒來道歉的說……」

「喔！這我就不客氣啦。」

阿百開心地收下窮酸的酒瓶之後，若無其事地問藤十郎：

「阿市有沒有告訴你，事情為什麼會變成這樣？」

「嗯，她說和陶瓷器店的阿萱從小就是玩伴，感情很好，但是動不動就互相較勁。她們似乎常在父母看不到的地方爭吵。這次是為了豆腐店的少東吵起來，好像是個長得跟演員般俊美的年輕人。兩個女孩都迷戀他，於是愈吵愈激烈，就在橋上扭打起來。」

「然後，阿市從橋上摔下去，那時候，還把阿萱的髮簪連同頭髮扯了下來，對吧？」

「似乎是這麼一回事。真可怕，雖說是年輕女孩，但是嫉妒這種東西不能小看，所以我才不想跟活生生的女人發生關係。」

藤十郎微微一笑之後，一面對懷裡的人偶輕聲呢喃，一面走回自己的住處。

阿百也縮回屋內，嚇了一跳：她看到焦茶丸拿出炭爐，開始烤沙丁魚串。

「你在做什麼？」

「既然妳收到酒，總要配個下酒菜嘛。馬上就烤好了。」

「……你到底是吃錯什麼藥了？」

「我想通了。」

焦茶丸一臉故作正經的表情，看著阿百說：

「如果我阻止妳，妳就會使性子，大口大口地喝更多酒。既然如此，不如讓妳爽快地喝，搞不好酒錢還省一點。所以，我不會再叫妳別喝了。相對地，請妳一天只喝一瓶。」

「我才不要！至少給我喝五瓶！」

「太多了！」

「不然，四瓶！我可以忍受四瓶！」

阿百拼命討價還價，最後說定了一天兩瓶酒，工作賺到錢的日子則是三瓶。

四

那天早晨，焦茶丸一如往常地開始準備早餐時，忽然感到有些不對勁。

這間怪物長屋總是安安靜靜的。明明應該住著不少人，不過非但沒有看到他們的身影，也鮮少聽見聲音或感覺到氣息。無論是早晨、白天或夜晚，都像墓地一樣死寂。

當然，鄰居也互不往來，說到焦茶丸認識的其他長屋住戶，頂多就是祈禱師藤十郎。而自從尋找幽靈女孩的遺失物那件事以來，也沒再見到他。

但是今天早晨，整棟長屋異常喧鬧，彷彿長眠的亡者一起甦醒了。焦茶丸嗅到了從各個房間飄來緊張的氣息。

而阿百也和平時不一樣。明明平常拖拖拉拉地賴床，唯獨今天在焦茶丸叫她之前就起床了。

不對勁。肯定有問題。

焦茶丸一面將飯盛入阿百的碗公，一面提心吊膽地問：

「今天外頭是不是特別吵啊？」

「是啊。因為今天是月底。」

「月底會怎樣嗎？」

「嗯，對於怪物長屋的住戶而言，月底可是重要的生死關頭。」

「咦？」

「房東要來啊，來收房租。」

阿百一邊接過碗公，一邊露出一抹難以言喻的笑容。

「這個月有錢，所以我才能這麼鎮定。要是沒錢，我現在肯定臉色鐵青，拼命四處奔波設法籌錢。」

「……房租，不能請房東寬限一下嗎？」

「叫那位房東等一下嗎？我可沒有那種勇氣。」

阿百斬釘截鐵地說。

「不只是我，其他長屋住戶應該也沒有這種膽子。大家都很清楚，絕對不能惹那位房東生氣。看不清這一點的笨蛋只會早早送命。」

「送、送命？這未免太誇張了吧？」

「你看到就知道了。所以，等一下把大門的門閂拆掉，說不定幾個沒錢的傢伙會上門來。」

「難不成，妳、妳要借錢給他們嗎?!阿百姐，妳、妳要借錢給別人？」

焦茶丸這次真的驚呆了，阿百對他敷衍一笑。

「……遇上那種房東，房客們也只能團結一心啊。」

如同阿百所說，早餐才吃完不久，就有一名男子慌慌張張地衝了進來。

焦茶丸心想：不，是女人。因為她身上穿著一件花紋鮮豔的女性半纏，而且頭上戴著紫色的女用頭巾。

但是即便如此，對方給人的感覺拘謹，而且手腳粗大。

果然是男人嗎？

即使看臉，焦茶丸還是不太確定。這人鼻樑扁平、嘴唇單薄、五官平淡無奇，長相毫無清楚特徵，看起來似男似女，卻又非男非女。

即使嗅聞氣味也無法判斷，因為對方的體味被衣服上的薰香掩蓋了。

相反地，訪客看也不看焦茶丸一眼。

「阿百！」

這名雌雄莫辨的人以不高也不低的柔和嗓音呼喊，隨即緊緊摟住阿百。

「啊，阿百，不好意思，借我房租。我改天有錢進來就還妳。」

「好啦。欠我一次人情唷。」

阿百爽快地說，交給對方事先準備好的錢。

「多謝。哎呀，這下得救了，我會記得妳的恩情。」

雌雄莫辨的人緊握著錢，迅速離去。

等到聽不見輕快的腳步聲之後，焦茶丸終於問阿百：

「剛、剛才那個人……是誰？」

「過氣演員，猿丸啊。」

「啊，他是男人啊？」

「天曉得。我不知道他是男是女。」

「咦？」

「那傢伙啊，除了小孩之外，能夠化身為任何角色。你不要看他長那樣，一旦化妝就會變成絕世美女，也能變成粗獷的武士，甚至是老婆婆、年輕俊俏的小夥子，對他而言都輕而易舉。……你覺得他幾歲？」

「……看起來差不多三十？」

「聽說他在二十五年前左右，就住在這裡了唷。他的模樣從當時起毫無改變。不，應該說是變來變去。」

「那、那麼，他現在五十幾歲了？」

「這我也不知道。說不定快七十了。就算真是如此，我也並不驚訝。」

「我的媽呀……」

焦茶丸覺得住在這間長屋的人真的都是怪物，嚇得渾身發抖。

但是，據說連這些怪物都敬畏不已的人，就是那位房東。

焦茶丸心想，究竟會是個怎樣的人呢？心跳莫名加速起來。

接近中午時分，房東現身了。

焦茶丸爬上屋頂，監視小巷，馬上就發現了房東的身影。因為那些人一進入小巷，氣氛就變得緊張、沉重得令人喘不過氣。焦茶丸感到一股無以名狀的壓迫感，連尾巴都微微發麻。

焦茶丸整個人躲好，以免被他們發現，只用眼睛追蹤走過來的那些人。

三人進入長屋的小巷，其中兩人是年輕男子，塊頭非常高大，身材魁梧得像是大力士一般，五官粗獷、面無表情，鼻子形狀、眼睛大小都一模一樣。他們八成是雙胞胎。

但是，吸引焦茶丸目光的是，身在中間的矮小老婆婆。她身穿黑底條紋和服，脖子上有型地繫著一條紅布，叼著銀製菸管，一面吐煙，一面緩步而行；個頭只有雙胞胎的一半左右，表情極為溫和。

但是，散發出驚人壓迫感的也正是這位老婆婆。焦茶丸心想「她不是泛泛之輩」，用力地吞了口水一下。

目前為止，他一直認為這世上最可怕的是發飆的女神。但是，他從這位老婆婆身上強烈感覺到一股和女神截然不同、深不可測的氣息。

高大的雙胞胎宛如狛犬[10]，一左一右地跟隨，房東開始逐戶巡視。她打開大門入內後，隨即靜靜出來，毫無騷動。房客們好像都分毫不差地支付房租。

不久之後，輪到阿百這一戶。

焦茶丸緊貼在屋頂上，豎起耳朵聆聽。耳邊傳來一個以老婆婆而言，是中氣十足、深沉響亮的聲音。

「阿百，早啊。我照例來收房租囉。」

「房東太太，早安。」

阿百應道，語氣恭敬得令人吃驚，甚至可說是端莊，但是焦茶丸從她的聲音中感覺得到緊張。

「總是讓您跑一趟來收房租，辛苦您了。我如數奉上這個月的房租。」

發出錢幣叮叮噹噹的聲響。

「我數一數……嗯～一分不少。嗯，很好。就是要這樣才對。」

屋頂上的焦茶丸聽見阿百「呼～」地嘆一口氣，不禁也跟著放鬆下來。但是，房東的下一句話令他險些跳起來。

「對了，阿百。最近聽說妳讓一個小鬼待在這裡？」

「您、您也聽說了嗎？」

「呵呵。在我的地盤上，哪有我不知道的事。聽說他叫焦茶丸是嗎？表長屋[11]的老闆娘們對他的評價不錯唷，說他是個乖巧可愛的

10　譯註：設置於神社前，長得像是獅子或狗的成對獸像，驅邪避災。

11　編註：是指位於主要道路旁的長屋，一般做為店鋪兼住宅；相對應的是「裏長屋」，是指不面向街道、位於巷內的長屋。

孩子，勤快地替妳打雜做家事。這種孩子可不多見啊，妳到底是在哪裡撿來的？」

「……」

「這個嘛，只要妳支付房租，要讓誰住都是妳的自由。我也不會窮追猛打地問到底。不過，妳一向討厭與人打交道，居然會跟人同居，簡直要下紅雨了。」

「……」

「話說回來，妳的神情是不是變得柔和了些？呵呵呵。」

「房、房東太太。」

「哎呀，我得去下一戶了。阿百，那麼我先走了。下個月再見。」

直到房東和隨行的雙胞胎走得夠遠，焦茶丸才敢從屋頂移動。

當他從屋頂下來時，已經過了好長一段時間。

阿百在房間裡，有些失神地坐著。看來，與房東簡短的對話，好像讓她用盡了力氣。

焦茶丸心想，這也難怪，光是從上面偷看，她的氣勢就那麼強大了，要是和那位老婆婆正面對峙，他沒有自信能夠好好站著。

焦茶丸替阿百倒了一杯水。阿百喝了水後，終於緩過氣來了。她疲憊地一邊轉動肩膀，一邊望向焦茶丸。

「所以，你覺得如何？」

「嚇、嚇死人了……那位就是房東吧？」

「是啊。她就是掌管附近這一帶的鬼婆婆，人稱女閻魔的銀子婆婆。要是忤逆她，立刻就會被打入地獄。」

「我好像能懂。那、那對雙胞胎保鏢看起來超強、超恐怖。感覺只要房東一句話，他們就會把對方撕成碎片。」

「……你挺有眼無珠的耶。」

「咦？」

「他們不是保鏢，而是銀子婆婆的孫子。他們還是毛頭小子，只是為了見識各種世面，跟在婆婆屁股後面到處跑而已。話說回來，那位婆婆根本不需要保鏢。……你沒看到她的左邊袖子鼓鼓的嗎？」

「我沒注意到這個。」

「是嗎？那是因為，裡面藏著一把從歐洲進口的短槍。」

「短槍？」

「能夠單手開火的手槍。那是舶來品，沒有火繩[12]也能擊發的那種。」

「……她、她帶在身上，只是在嚇唬人吧？不會真的用它吧？」

阿百露出白眼翻到後腦勺的表情。

「我說你啊，你看到那位婆婆，還說得出這種天真的話嗎？她當然真的會用啊。」

「妳、妳有看過她開槍嗎？」

阿百點了點頭說「有」。

「曾幾何時，有一個半吊子的流浪武士在這裡住下來。那傢伙不知道誤會了什麼，竟敢頂撞銀子婆婆，想要賴帳不付房租。他粗聲粗氣地大吼大叫，而且或許是想要威嚇婆婆，拔出刀來晃來晃去。我沒看過那麼蠢的人。」

「結、結果怎麼樣？」

「那還用說。銀子婆婆『砰』地一槍射穿他的喉嚨，當場斃命。」

12 編註：早期火繩槍上用來點燃火藥的引信。

她的孫子三兩下就把屍體清理掉，連血跡都擦得一乾二淨，動作熟練得很呢。」

「官、官差沒來嗎？」

「怎麼可能來。凡是在這間怪物長屋發生的事，官差一概不聞不問。他們什麼事都睜一隻眼、閉一隻眼。搞不好他們和銀子婆婆之間，早就達成了某種協議。總之，流浪武士被處理得乾乾淨淨，隔月就有新房客住進了那個房間。……可見女閻魔這個外號，不是浪得虛名。」

焦茶丸淚眼汪汪地鬼叫。

「房、房東知道我的事了！我、我是不是被盯上了？」

「這倒不用擔心。她不是也說了？只要我支付房租，不管我讓誰住，她都不會在意。……怪物也好，殺手也罷，只要乖乖付錢，她都會讓人住得舒舒服服。對於我們這種人來說，她是值得感謝的大好人。……我也是心懷感激。」

焦茶丸歪著頭不解。他覺得阿百的語氣中，夾雜著一種前所未有的溫情。

在他的目光注視下，阿百啞然失笑，那是焦茶丸從沒看過的殘敗笑容。在此同時，從她身上飄出一股病態的氣息，陰鬱之氣漸漸籠罩著阿百，焦茶丸感到不寒而慄。

「阿、阿百姐？」

「我被父母賣到妓院，從十四歲到十八歲都待在花街柳巷。」

「被父母……」

「他們不是因為缺錢。我的父母，尤其是母親，她很討厭我，千方百計想要趕我出去，巴不得我早點死在外頭。她大概是這麼想的，所以決定讓我淪為妓女，希望我被男人玩弄染上怪病，早點死掉。她之所以沒有把我賣在老家附近，而是特地賣到遙遠的江戶花街，大概也是因為壓根不想再看到我，真是煞費苦心啊。」

「怎、怎麼可能……」

「你以為虎毒不食子嗎？我說你啊，根本不知道我遭受到父母多麼殘忍的對待。」

籠罩阿百的黑氣愈發濃烈，焦茶丸無法出聲。

「總之，我變成了妓女。第一年是學徒，第二年開始接客……有特殊癖好的客人，甚至要求我不要遮住這隻左眼。這麼一來，我有時會看到各種東西——我一五一十地告訴客人我看見的東西，以為讓他們覺得毛骨悚然，客人就會變少。」

確實，有些客人感到毛骨悚然。但是，阿百反而更加聲名遠播。

她精準地說中遺失物的下落、疾病原因、詛咒自己的人的真面目等，久而久之，她開始被稱為神女，前來尋求問事的客人也愈來愈多。

就在這樣的某一天，銀子婆婆聽聞阿百的傳言，來到花街。

「那位婆婆像一陣風般現身，一下子就和老鴇談好條件，讓我離開了青樓。然後，她帶我來到怪物長屋的這個房間，對我說了一番話。」

妳那隻眼睛派得上用場，能夠賺錢。從今天起，妳就用那隻眼睛賺錢。一開始，我會替妳找客人。首先，妳要好好賺回我替妳贖身的錢，知道了嗎？

銀子婆婆語重心長地說，阿百只能點頭。

「就這樣，我成為了失物協尋師。在還完她替我贖身的錢之前，我被她狠狠地壓榨，但當我還完錢時，失物協尋師的風評已經傳開了。多虧如此，我現在才能像這樣餬口。」
「房、房東為什麼要幫妳呢？」
「天曉得。我也不知道。」
阿百微微一笑，那股黑氣從她身上瞬間消散。
「也許她只是一時心血來潮，覺得我可能願意成為怪物長屋的房客。可是，不管是什麼原因都無所謂，這不會改變銀子婆婆是我的恩人這個事實。我指的不是她幫我離開青樓或者讓我住在這裡唷。當然，我對這些也感激在心。但是最令我感謝的是，銀子婆婆教我的事。」
「她教了妳什麼？」
「這個啊。」
阿百以指尖，輕輕地點了點戴著眼罩的左眼。

「當她說這隻眼睛派得上用場，要我靠它賺錢維生時，我覺得一道晨光照進了一片漆黑的地獄，眼前瞬間亮了起來，無限開闊……要是沒有她的那一席話，我如今恐怕還身陷黑暗之中。無論她是不是出於一時興起，銀子婆婆給我的東西，遠比我親生父母給我的多好幾倍。」

直到現在，銀子婆婆也暗中在幫助阿百。幫她牽線介紹客人的，多半也是銀子婆婆手底下的人。

「但是，她的壓迫感實在令人吃不消。」阿百抱怨道：

「總之，我累了。雖說一個月才一次，但是看到銀子婆婆的那張臉，全身的力氣都被吸光了……今天打烊了。焦茶丸，去替我熱點酒，溫的酒就行了。」

「真是拿妳沒辦法。」

「哎唷，這麼爽快就答應，真難得。你是哪根筋不對了？」

「並沒有。我話可說在前頭，只有今天唷。白天就喝酒，其實是不行的。」

今天想要對阿百好一點。

焦茶丸產生了這種心情。

但是……

剛完成繳房租這件大事，好不容易才能夠喘口氣時，一位客人找上門了。

失物協尋師 1

——藍眼阿百

五

阿百目不轉睛地盯著這位突如其來的客人。

客人直接登門造訪是相當罕見的，大多數正經的人都不願接近怪物長屋，因為不想被人看到自己進出這種不正派的場所，而是透過牽線人，把阿百叫去他們那裡。

居然特地造訪，這世上還真有這種行跡古怪之人。

客人自稱歌太郎，是一家油批發商的老闆，今年三十三歲；身材高大，體態肥胖，但是五官秀氣，長得斯文和善。衣著不算華麗，但是質地高級，舉止看起來也頗有教養。

但是，就在和歌太郎面對面時，阿百的後頸突然一陣發麻。她從對方身上，感覺到一股不尋常的氣息。

乍看之下，他身上沒有陰影或不祥之氣，也沒有對自己的敵意或輕蔑之意。男子只是溫和地微笑，而他的笑容和善，討人喜歡。

但是，阿百很清楚最好相信自己的直覺。她不動聲色地保持距離，語氣謹慎地開口：

「那麼，您希望我找的物品是？」

「我希望妳替我找一個女人。」

「女人？是您認識的人嗎？」

「或許認識，或許不認識。罷了，我還是直說吧。希望妳找一位適合我的妻子，然後把她帶過來。」

「妻子?!」

阿百和焦茶丸不禁面面相覷。

這又是一個異常離奇的委託。若是希望幫忙尋找離家出走的老婆，阿百倒還能夠理解，但是他居然希望找到當他妻子的女人。這種事不是該去靈驗的神社或寺院，向神佛祈求嗎？

阿百驚訝到下巴快掉下來，說不出話來。

但是，歌太郎一臉認真，白皙的肌膚冒出冷汗，像是用盡全力般地吐露心聲：

「說來丟臉，這是我第四次娶妻。目前為止，我舉辦過三次婚禮。可是……算了，這也據實以告吧。家母是個嚴厲的女人，她總是苛待那些嫁進門的媳婦，要是我出面勸說，她就轉而在背後折磨她們。於是，所有人都撐不下去……」

「所以離婚了嗎？三個都？」

「第一任老婆下落不明。第二任老婆精神失常，不得不送她回娘家。第三任老婆……在倉庫上吊自盡。」

這段話太嚇人。焦茶丸面如白紙，連阿百也覺得體內的血液都結凍了。

「她為什麼……那麼憎恨自己的媳婦？」

「嫉妒啊。她說，一想到心愛的兒子被別的女人搶走，就對媳婦恨之入骨，甚至想要殺了她。家母……精神有些異常。」

男子開始流淚，淚水滴滴答答地落下。

「家母含辛茹苦地一手拉拔我長大。所以，我也滿心希望報答她，願意替她做任何事。可是，唯獨虐待媳婦這件事，我實在不能視而不見。我想過好幾次，乾脆把她關起來算了。其實，我連座敷牢[13]也蓋了，但是實在無法將家母關進那裡……」

「……」

「母親和妻子都很重要，我想讓她們都幸福，但是不管怎麼做也無法如願。我也想過乾脆一直單身下去算了。可是，我也很渴望一般人家的幸福，我想要有妻小圍繞在身旁的生活。」

「求求妳！」歌太郎說，猛然跪拜下來。

「請替我找到妻子！外表不重要，年紀比我大也沒關係。請妳務必幫我找到一個行事穩重、毫不畏懼家母、膽識過人的女人。」

「等、等一下等一下。我是失物協尋師，不是牽紅線的月老，也不是媒人耶。」

「我也知道這是無理的要求。可是，我一直失去老婆，這也算是重大遺失物，不是嗎？求求妳，再也沒有媒人肯替我作媒了，妳是我唯一的指望。」

歌太郎滿眼血絲地死命懇求，阿百困窘至極。至今，她從未試過看人的緣份，即使有這隻左眼，她也不知道究竟是否能夠看見。

但是，當阿百正想拒絕時，歌太郎高聲說道：

「假、假如妳替我找到妻子，我就付妳三十兩！三十兩酬金！」

咕咚～

阿百的心立刻傾向助他一臂之力。

「我試試看吧。」

阿百鼻息粗重地接受委託之後，向歌太郎要了一些頭髮。

「我的頭髮嗎？」

13 編註：在江戶時代，囚禁罪犯或精神失常之人的地方。

「感覺會需要用到，給我幾根就好。」

「呃，欸，好吧。」

歌太郎皺著眉頭，拔下幾根鬢髮。阿百以懷紙收下之後，請他今天先回去。

「如果找到適合的人，我會通知你。」

「大、大概要花多少時間呢？」

「這很難說，不知道要花幾天，畢竟我也是第一次像這樣找人。總之，我會盡力的。在那之前，請你老老實實待在家裡，別再隨便靠近這裡，聽到了沒？」

阿百告誡道，歌太郎一臉不安地回去了。

確定男子回去之後，焦茶丸板著一張臉，逼近阿百。

「妳幹嘛接下這種委託啊？」

「怎麼了？你不是一天到晚叫我工作？我接下了工作，你有什麼不滿意的？」

「因為那個人的母親是惡婆婆耶。要把一個女人送進那種家庭，我覺得未免太可憐了。」

「可是，你不覺得那位大爺一直單身，也很可憐嗎？」

「……妳少來，妳是為了三十兩吧？」

「千兩箱裡面的錢變多，你到底有什麼好抱怨的？」

阿百大聲怒嗆回去。

「放心啦。只要按照那位大爺的期望，找到一位不把虐待媳婦當一回事的強悍女子，一切就圓滿結束了。」

「天底下有那種人嗎？」

「有啦！鐵定有！沒有就慘了！」

「……所以，妳要怎麼處理那些頭髮？」

「像這樣隨時放在懷裡。」

阿百將包裹頭髮的懷紙塞進胸口。

「隨身攜帶那位大爺的一部分，或許就能看見他和未來妻子之間的緣份。從明天起我會到處在人多的地方走一走。總之，必須找到那個女人才行。」

打起精神！阿百心想：「這可是攸關三十兩啊！」

當天夜裡，阿百做了個夢。

在夢裡，阿百身處一片深水之中。水藍得徹底，既不冷也不熱，安靜到耳朵深處隱隱作痛。

阿百意識到，這不是一般的夢。

她的左眼似乎想要讓她看見某些東西。

於是，她毫不抗拒，任由自己浸入水中，身體像是被吸入似地，迅速地開始沉入底部。

不久之後，漸漸出現一個房間，紙拉門緊閉，房內完全看不見。儘管如此，阿百卻能清清楚楚地看到房內。

那是一個寬敞的房間，立刻能感覺到住的是女人。衣架上掛著華美的打掛[14]，而且在精美的梳妝台旁，放著好幾支髮梳和簪子。花瓶裡賞心悅目地插著冬椿花，從藍色香爐緩緩升起一縷輕煙。阿百甚至能夠清楚聞到它的香味。

14 譯註：日本傳統女性禮服，通常作為新娘或歌舞伎外層穿著的華麗和服，衣襬曳地，多繡有吉祥圖樣。

沒錯，這裡是女人的房間。

阿百心想著房間的主人在哪裡？凝眸細看。

好幾隻狆犬[15]在榻榻米上滾來滾去玩耍。每一隻都又肥又胖，整間屋子都是尖銳刺耳的汪汪叫聲。

這時，狗叫聲突然消失，取而代之的是男人的聲音。

「娘……我打算再次娶妻了。」

房間內側的紙拉門「啪」一聲地打開。紙拉門對面有另一個房間，房內吊掛著一頂大蚊帳，一片昏暗。

阿百歪頭不解，心想著為何吊掛著蚊帳？這個時期早已沒有蚊子，連雷聲也不會響起。

蚊帳內側漆黑如墨，闃黑無光，什麼也看不見。儘管如此，阿百仍知道那片黑暗中有人。

是那名男子——歌太郎。

與他對坐的是一個女人，衣冠不整地只穿紅色襦袢[16]。她不年輕了，但是妖冶魅惑，臉上濃抹白粉、嘴唇塗著朱紅唇脂，秀髮烏黑亮麗。

歌太郎憎恨地看著那個女人。雖然他的神情顯得有些厭惡，卻又流露出一股無法壓抑的迷戀。

阿百明明完全看不見兩人的身影，但是為什麼如此歷歷在目呢？

她的心臟開始發出沉悶的跳動聲。

15 譯註：日本傳統的小型犬種，體型嬌小，江戶時代受到宮廷和上流社會女性寵愛。

16 譯註：和服底下貼身穿的襯衣。

這時，耳邊傳來女人的聲音。

「這樣才對嘛，很好。可是，不能操之過急。這次非得選個好老婆不可。前幾個老婆都是水性楊花的女人，見到男人就到處送秋波，你可別再讓那種貨色進這家門。」

「阿好、喜代、吉乃，她們都是好老婆！長得漂亮又勤快，而且性情溫和。可、可是！娘，妳把她們三個從我身邊奪走了！」

「太過分了！你居然說這種沒良心的話！」

女人哽咽地淚崩了，舉手投足間都透著一股妖媚。

「我作夢也沒想到，有一天居然會從用心養育的獨生子口中，聽到這種指責。啊～我真不幸啊！」

「不幸的人是我才對！每一任老婆都被妳折磨到發瘋！可是，這次我絕對不會再讓妳動她一根寒毛，我會好好保護她到底。」

「你想把我趕出家門嗎？」

女人的眼中閃過一道令人毛骨悚然的目光。

「你休想得逞，我可是你的母親。能夠和你結髮的人，必須是個像樣的女人，鑑定你的結婚對象是我這個母親的責任。」

「妳少雞婆！反、反正，我不會讓妳見到我的下一任老婆。」

「……你是阻止不了我的。你應該很清楚這一點。」

「少囉嗦！少、少囉嗦！」

「呵呵呵。畢竟你是我的孩子。你是我可愛得不得了的寶貝兒子。」

「住口！別再說了！」

相對於歌太郎的放聲大哭，女人的聲音愈來愈甜膩。

阿百聽著兩人的對話感到陣陣反胃。那聽起來不像是母子之間的對話，而像是男女之間情慾糾葛的枕間私語，令人渾身不舒服。

不過話說回來，為什麼會這樣？

阿百知道有一個身穿紅色襦袢的女人跟歌太郎。她也清楚地知道歌太郎渾身戰慄正在顫抖，以及女人臉上緩慢地露出勝利的笑容。

但是，無論她再怎麼凝神細看，始終看不見兩人的身影。

哪裡不對勁。

某個疑惑的念頭在她心中萌芽，愈來愈強烈。為了釐清這一點，她決定豁出去，試著靠近看看。

但是，就在她溜進房內、手差一點就能搆著蚊帳邊緣時。

忽然間，蚊帳內的兩人察覺到阿百。

「不准看！滾出去！」

雷鳴般轟然巨響的聲音，阿百像樹葉般被吹了出去。蚊帳、剛才在玩耍的狆犬的身影、房間本身，都在剎那間遠去。

就這樣，她從夢境中順勢的彈了出去。

阿百驚醒跳坐起身，渾身因汗水而濕透。

隔天，阿百說她頭痛，沒有起床。

再隔一天，她說身體倦怠，躺著一整天，慢悠悠地抽菸。先前幹勁十足地發下豪語說要賺進三十兩，如今的模樣判若兩人，令焦茶丸一頭霧水。

第三天，她總算起身了，但是陷入沉思，連吃飯時也心不在焉。

焦茶丸忍不住對她說：

「妳到底怎麼了？一直神情恍惚。再說，這個，妳隨手丟在一邊，沒關係嗎？」

焦茶丸將剛才從地板撿起來的東西遞給阿百，那是包裹著委託人歌太郎的頭髮的懷紙。

但是，阿百不肯接過來，表情厭倦地隨口說：

「唉，那個已經用不著了。連續三天做了一模一樣的夢，我真是受夠了。」

「作夢？作了什麼夢？」

「……」

「算了，那不重要。這個不是尋找新娘所需的東西嗎？妳不是說要把它放在懷裡，到鎮上走一走嗎？」

「……我不要去了。」

「那麼，妳不尋找新娘人選了嗎？」

「嗯。」

「我覺得這樣也好。」

焦茶丸鬆了一口氣，笑道：

「我還是覺得很危險。我雖然同情那個叫作歌太郎的人，但是只要他娘還在世，還是不要討老婆比較好。」

「……不，我要讓他娶妻。」

「咦？」

焦茶丸大吃一驚，阿百忽然連珠炮地命令他：

「你去替我跑一趟。你現在去找那位大爺，告訴他：『我找到他希望的對象了。她舉目無親，孑然一身，隨時能夠出嫁。府上方便的日子，我就帶她過去』。」

「啊啊啊！」

焦茶丸驚愕不已。

「撒、撒這種謊好嗎？」

「無妨。反正又不算騙人，我確實會帶個女人去，所以不要緊。」

「……難不成阿百姐，妳、妳該不會是想讓自己當新娘吧？」

焦茶丸這下慌了起來。

「不、不行啦。如果是妳，確實不會把虐待媳婦當一回事。可是，妳一定會反擊吧？妳會百倍奉還，狠狠教訓婆婆，對吧？要、要是妳那麼做的話，這次可能會換成婆婆上吊唷！啊～不行、不行。妳還是不要亂來比較好。」

「你誤會夠了沒？我什麼時候說我要嫁人了？別胡說八道了，快去快回！地點是深川油堀的油批發商澤井屋，別迷路了。還有，記得藏好你的尾巴再出門！」

「是、遵命！」

焦茶丸慌慌張張地跑了出去。

阿百也隨後外出，前往隔壁第三個房間。

「猿丸！猿丸，你在嗎？」

她不待回應就推門而入，猿丸在屋內，正在換上艷麗的寬袖和服，尖叫一聲跳了起來。

「討厭~阿百妳真是的！這樣衝進來，嚇壞人家了。」

他的用辭遣字和語氣都跟幾天前判若兩人，變得年輕貌美許多；臉上化了精緻的妝，髮髻梳成俏麗的髮型。驚人的是，他的身影看起來就是個不折不扣的年輕女孩。

阿百說了聲「正好」，舔了舔嘴唇。

「你這身打扮真不錯，就維持這身行頭，陪我去辦一件事。我之前借你的錢，就此一筆勾銷。」

「咦?!不、不行啦。人家接下來會有一段時間抽不出身。」

「怎麼了？工作嗎？」

「是啊。我要去某間老字號批發商的退休老爺家住幾天。那位老爺爺整個心態返老還童，以為身邊的所有女人都是自己的未婚妻，不肯讓她們離開身邊，所以我要化身為他的未婚妻，暫時待在他身邊。這麼一來，他的情緒或許會稍微穩定下來。」

猿丸能夠隨心所欲地變男變女，所以有時這種工作會找上門。猿丸的內心似乎已經完全變成女孩了。他身穿寬袖和服，柔媚地綁著腰帶的動作，根本就是女人。

阿百咂嘴。

「嘖！！偏偏在關鍵時刻！那麼……你有新娘禮服吧？白無垢[17]，那個借給我，還有一頂女用假髮。」

「……不准弄髒唷。」

「廢話少說，快拿出來！」

阿百怒氣沖沖地大吼一聲，嚇得猿丸連忙開始翻找放在屋內的行李。

深川油堀是從隅田川分支的運河之一，十五間川的俗稱。這裡的河岸有多家油批發商林立，因此被暱稱為油堀[18]。

歌太郎的店——澤井屋也是其中之一，規模頗大，看起來氣勢恢宏。店的後方有住處、倉庫，甚至蓋了小小的別舍。

阿百造訪澤井屋，是在接受委託的八天後，一個夜幕低垂、路

17 譯註：日本傳統的新娘禮服，全身純白，「白」具有神聖與淨化之意，而「無垢」則為「不染塵垢」，即純潔無瑕之意。

18 譯註：「堀」為「水渠」或「護城河」之意。

上沒人的深夜。在這種時間登門造訪實在不合常理，但這是歌太郎的要求。

歌太郎從焦茶丸口中聽到「找到了肯嫁給他的女人」，欣喜若狂。但是，他希望暗中舉辦婚禮。

「我完全不想被我娘發現。再說……梅開四度，傳出去實在不好聽。幸好對方沒有親人，我想要兩人悄悄地舉辦婚禮。這樣好了，五天後的夜裡，我會派兩頂轎子過去迎親，請你們搭轎子過來。啊，請繞到店的後方。」

按照歌太郎的要求，載著阿百他們的轎子靜靜地來到澤井屋的後門。

阿百率先從轎子下來。

歌太郎已經在後門前面等候。他身穿有家徽的黑羽織[19]，腳上穿著全新的白色膠底布襪，在夜色中也顯得分外潔白。雖然無法鋪張熱鬧地舉辦婚禮，但是他想要盡量表達迎娶新娘的喜悅。從這一身裝扮，能夠看出他的用心。

最重要的是，歌太郎滿臉喜悅。他白皙的臉龐浮現紅暈，因期待而怦然心動的模樣，簡直像個少年。連向阿百道謝時，他的眼睛也頻頻偷瞄另一頂轎子。

「所以……對方是？」

「好好好，我馬上替你介紹。來，阿京，下轎。」

一名身穿純白打掛的年輕女孩，嬌羞地從轎子下來，年紀應該尚未十八。身形嬌小宛如孩子，妝容之下稚氣未消。

19 譯註：日式傳統短外套。

歌太郎瞠目結舌。

「好驚人。沒想到這麼年輕。」

「是啊。她才十六歲。不過，她很懂事，因為從小苦到大。……這孩子想要的是像人的生活，能夠安心入睡，每天三餐溫飽。她說只要你能遵守這些約定，她再苦都能忍受，二話不說就答應了這樁婚事。」

「這沒問題。」

歌太郎收起笑容，正色說道。

「我保證會愛護她，老婆是我家的寶。而且，我這次……打定了主意好好守護她。」

「太好了。聽到你這麼說，我也就放心了。這樣我就能把這孩子交給你了……不過在那之前，我要先收之前說好的東西。」

「啊，當然。」

歌太郎將沉重的綢巾包交到阿百手中。

這下換成阿百微微一笑。

「好好好，很好。那麼，請你永遠疼愛她。阿京，保重囉。」

「阿、阿、阿百姐……」

女孩不安地抓住阿百的袖子。阿百輕輕地拉開她的手，反而將她的手牽向歌太郎的手。

歌太郎一副再也不放開的樣子，緊緊地握住，阿京更顯畏怯，渾身僵硬。但是，歌太郎似乎很中意她這羞澀的模樣，輕聲細語地安撫道：

「阿京，別怕，我會呵護妳，帶給妳幸福。」

「妳聽妳聽，老爺都這麼說了，安啦。妳只要把一切交給他就行了。啊，我這個礙事者差不多該閃了。接下來就請兩位慢慢享受春宵時光。」

阿百面露略嫌庸俗的笑容，再度鑽進轎子。轎夫們迅速扛起阿百和空轎離去。

歌太郎帶著茫然佇立原地的阿京進入屋內。

屋內靜悄悄的，毫無人的聲息。阿京左右張望，歌太郎笑著對她坦白說：

「從昨天開始，我就讓僕人們放假了。在兩天後的中午之前，所有人應該都不會回來。在那之前只有我們倆。來，阿京，過來。」

「啊，好……」

「好可愛。能夠娶到像妳這麼貌美的姑娘，簡直像是作夢一樣。我會好好待妳、好好疼妳。」

歌太郎反覆呢喃著甜言蜜語，不斷把阿京往裡面拉去。

他們隨即抵達的客廳裡並排著兩張座墊，擺著朱漆酒杯和慶賀的角樽。

「總之，我們先喝交杯酒吧。畢竟是成親，該有的儀式還是不能省。其實我還準備了新娘禮服，沒想到妳會穿著嫁衣來。」

「對、對不起。」

「妳不用道歉。妳好美，阿京，妳真可愛。」

每次被誇讚「可愛」，阿京就會羞怯地低下頭，彷彿坐立難安。她那嬌羞的模樣，更令歌太郎心癢難耐。

「妳真的……好純情啊！但是，我很喜歡。從今以從我會保護妳，妳放心，什麼事都不用擔心。」

「是、是……」

「那麼，妳先坐在那裡，我們喝交杯酒吧。」

儘管神情仍顯緊張，阿京還是順從地接過酒杯，紅唇輕啜一口。

接著……

她突然向前倒了下去。

歌太郎看到這一幕後，立刻就站起身來。他的眼中閃爍著詭異的光芒。

「沒關係，很快就會醒來。這樣做才對，否則的話會很危險，我必須保護妳，我非保護妳不可。」

歌太郎像是在說夢話似地喃喃自語，抱起嬌小的新娘，直接快步走向別舍。

他打開別舍儲藏室的地板暗間，那裡有一條通往地下的階梯，前方是一個裝上粗鐵柵的房間。

那是座敷牢。

座敷牢裡，各種物品一應俱全。有可愛的小擺飾、被褥、衣櫃，小屏風後面甚至準備了便桶。

他讓阿京躺在被褥上，隨即脫下羽織，自己也躺在阿京身旁。他一面摸索一動也不動的阿京胸部，一面以沙啞的嗓音，熱情地對她軟語呢喃：

「沒問題。我們能夠成為一對恩愛夫妻，妳是我可愛的祕密嬌妻。沒有人知道妳來了，我也不會讓任何人知道，所以就放心成為我的人吧。」

他像是風箱一樣，喘著粗重的氣息，想要整個人撲上去。

就在此時，阿京「啪」地睜開眼睛。非但如此，她突然跳起來，推開歌太郎的手試圖逃走。但是，她逃不出座敷牢。因為歌太郎一把抓住了她的和服下襬。

歌太郎使勁抓緊衣襬，也站了起來。

「哎呀呀，看來安眠藥對妳沒效啊。沒想到妳這麼快就醒來。」

「救、救命啊！」

聽到尖叫聲，歌太郎微微一笑。

「放心吧，在這裡就算妳叫破喉嚨，也不會有人聽到，聲音根本傳不出去。妳來這間屋子是個祕密，不能被任何人發現。只要我娘還活著，妳躲在這裡比較安全，真的。沒事的，妳不用害怕，所以，過來吧，讓我們成為真正的夫妻吧。」

「不、不要！我不要、我不要！阿百姐，救、救救我～！」

阿京在狹小的房間內亂竄，歌太郎則像是野獸般四處追她。阿京設法來到鐵柵外面，想要奔向階梯，但是歌太郎迅速繞到前方，阻止她逃走。

歌太郎終於將阿京按倒在地。從阿京口中迸出撕心裂肺的尖叫，就在此時——

「夠了！」

一只香爐破空飛了過來，猛然砸中歌太郎的後腦勺。

歌太郎痛得哀嚎，阿京手腳亂蹬從他身體底下掙脫出來，跌跌撞撞地往階梯上去。

阿百站在那裡。她摘下眼罩，左眼發出藍光，身上殺氣騰騰。

阿京撲進她懷裡號啕大哭。

「哇嗚～～我、我以為完蛋了！我、我、我以為要、要被奪走貞操了！」

「哭什麼哭，你是男孩耶？菊花被捅個一、兩下，也沒什麼大不了的。」

「開什麼玩笑！妳、妳胡說八道什麼啊?!」

「哈哈哈！既然有力氣生氣，想必是沒事了。好啦，別哭了。還有，把那頂假髮也摘了吧，看起來實在不像你，我都快笑出來了。」

「還、還不是妳硬要我戴上它！」

歌太郎搖搖晃晃地站起來，看到自己的新娘摘下假髮、變成圓滾滾的男孩，瞠目結舌。

「小、小孩……？」

「是啊。他就是去你家跑腿的焦茶丸啊。」

「妳、妳騙我嗎？為、為什麼……要騙我？」

「這個嘛，你認為是為什麼？」

歌太郎沉默不語，阿百以異色的雙眼目不轉睛地盯著他，視線雖然平靜，但是卻有如利刃要刺人肺腑般銳利。

「我第一次看到你時，不知道為什麼後頸一陣發涼。你明明看起來就只是個極為正派的男人，就覺得很奇怪，所以我決定好好調查你這個人，就讓焦茶丸替我爭取調查的時間。一查之下，乖乖不得了，我看見了各種畫面。我說你呀，稍微喘口氣吧，接下來有一大堆話非說不可。我想，就從你娘開始說起吧。」

阿百不理會歌太郎的臉色大變，滔滔不絕地說起來。

「前幾天，我到處向附近的人打聽。聽說你娘叫阿民，在街坊間可是出了名的美女，但是將近十年前生了一場大病，整張臉都變了樣。從此之後，她就把自己關在這間別舍，不在人前露面。連性格也整個扭曲，狠狠虐待一個個嫁進門的媳婦，所有人都覺得不可思議，那個原本開朗溫和的女人竟然說變就變。」

「……那又怎樣？」

「你好像想要隱瞞娶新老婆的事，但是阿民知道今晚的事唷。」

「妳、妳說什麼?!」

「好了，阿民，出來吧。我想見妳。」

阿百一面說，一面把反手藏在身後的東西朝歌太郎用力地扔了過去。

那是一個裝著白色香粉的小缽容器、一個胭脂盒以及一件鮮紅的襦袢。

歌太郎一看見那些東西，臉色立刻又變了。

「啊、啊、啊～～～！」

他發出一種難以形容的哀號，將女性襦袢穿在身上，徒手將香粉往臉上亂抹，再將胭脂用力塗在嘴唇上。

他將自己的臉塗得不成人樣之後，一翻白眼就開始歇斯底里地叫喊。

「滾出去！從這裡滾出去！不准靠近我兒子！」

「妳是阿民嗎？」

「是啊。妳這隻偷腥的貓，竟敢擅闖我家！快給我滾出去！像妳這種來歷不明的女人，我絕對不允許我兒子娶妳為妻！你們休想、休想舉辦婚禮！妳這個不檢點的女人！不知羞恥的狐狸精！」

尖銳的叫聲、充滿嫉妒和惡意的眼神，跟剛才的歌太郎判若兩人。這突如其來的轉變太大，令焦茶丸嚇到腿軟。

但是，阿百毫不畏縮，等到對方喊累之後，平靜地說：

「歌太郎先生，原來你就是這樣嚴詞指責歷任老婆啊？」

「歌太郎？我不是歌太郎！」

「不，你是歌太郎。你偽裝成母親，但你其實依舊是歌太郎，差不多該清醒了！」

阿百厲聲斥喝，宛如揮了一鞭。

但是，歌太郎不承認。他依然尖著嗓子繼續偽裝成阿民，持續咒罵個不停。

阿百不耐煩地動怒，「啪」地雙手擊掌。那聲音像是在神前擊掌合十，令歌太郎猛然一怔，瞬間噤聲。

「真是死鴨子嘴硬。沒辦法……我在這個家裡已經看到所有該看的東西了，也讓你瞧一瞧吧。」

歌太郎不知道她在說什麼，露出詫異的表情。阿百趁機迅速靠向歌太郎。

她用雙手牢牢夾住歌太郎的臉，目光筆直地和男人四目相交。

她的左眼閃爍著燦爛的光芒，喊道「你看」！

歌太郎，快看！

你看那個！那個男孩就是你？

剛辦完父親的喪禮，你大約十三歲左右？年紀小小但是身材高大，反而在你身旁的母親像個孩子。

不要別開目光。那麼做也沒用。

哼，原來如此，你娘是個美女。雖然不是成熟艷麗，但是個貌美如花的女人，永遠不失少女般的嫵媚和光彩，就連身穿喪服，也掩不住那份魅力。如此迷人，想必會有媒婆接二連三地上門提親，勸說再婚。

但是，妳娘不斷拒絕婚事，直到你能夠妥善處理店務為止。

她的辛苦終於有了代價，幾年後，你年紀輕輕就能撐起一片天。妳娘終於卸下了肩頭的重擔。如此一來，她自然也漸漸對再婚的事動了心。

但是，你不准她再婚。你無法允許最愛的母親想要離你而去，氣到失去理智。

哦～你看你看、看清楚唷。看看你像個因嫉妒而抓狂的男人，對母親咄咄進逼的樣子，還有你接下來做的事，你現在也必須看清楚。

……你做了泯滅人性的事。你母親萬萬也沒想到會慘遭溺愛的兒子殺害。

不是嗎？你說你不可能做那種事？

嗯～是啊。如果是神智清醒的你，應該不會幹出那種事。

當你恢復理智後，無法承受自己做過的事，所以你決定當作事情沒發生過。

你先是興建了別舍，把母親的物品搬過去，佯裝成母親住在那裡的樣子。接著對身邊的人宣稱她得了毀容的怪病，不讓任何人親近。你母親的三餐必定由你親手送去別舍，就像個善盡孝道的孝子，毫無破綻。

我也知道你為什麼養那麼多隻狆犬了，是為了吃掉根本沒人吃的餐點吧？

你使出各種狡滑的技倆巧妙地騙過眾人，因此，這麼多年來沒有人發現。你到處說母親變醜所以精神失常，大家都覺得她會自我封閉也是人之常情，而毫不懷疑地接受了這個說法。

可憐的人是阿民。她不僅死在親生兒子手中，還沒有被好好埋葬，在一缸油裡慢慢腐爛，多麼悲慘啊。

是啊，這件事我也知道了。

你把母親的遺體放進了油甕。如果泡在油裡再用蠟封口，腐臭味就不會外洩，你真是費盡心思啊。而且，你居然還把那個甕當作珍寶搬進別舍，保存起來。

嗯～是啊，我看到蚊帳裡的畫面了，我打從心底覺得你好可怕。

但是，你的瘋狂還沒完，到了適婚年齡，親事自然開始找上門。

當時，嫁進門的是一位可愛的年輕女孩。她身上有一種類似你母親的嬌艷特質，或許是因為這個緣故，你相當迷戀她。

剛開始的一段時間，你們過著夫妻和睦的幸福生活。但是，這位妻子再度喚醒了你心中的魔鬼。

喏，你看。你的妻子在笑。她大概是在招呼客人時，聊些無關緊要的閒話。可是，你是以怎樣的眼神看著她？你眼中因嫉妒而燃著怒火。

你不准自己老婆對其他男人笑。只要她向對街店家的老闆打招呼，你就懷疑她是不是和對方有一腿，這種念頭在腦海中揮之不去。愛得愈深，愈是恨之入骨，對吧？

但是，你不允許自己責罵她。自己不能扮黑臉。

你希望自己是個溫柔體貼的丈夫，於是，決定讓母親接收自己所有的嫉妒和憎恨。

你變成母親時，就能夠肆無忌憚地辱罵、折磨歷任妻子。你身穿紅襦袢，臉上塗滿香粉，笑著痛罵她們是淫婦、蕩婦、水性楊花的賤女人，你的那副模樣如何？是不是看起來挺樂在其中？

你真是巧妙地一人分飾二角啊。但是，妻子們無法忍受丈夫的這種舉動。或許被逼瘋的第二任妻子算是運氣最好的，至少她保住了一條命。

你問我是在說什麼？我剛才不是說了嘛？我已經看到蚊帳裡的畫面了。

那兩個甕。一個裝著阿民，另一個則是裝著你下落不明的第一任妻子吧？

我都看見了，也讓你看看。喏，你看。兩個甕都因怨恨而燃著怒火。你看到那道黑色火焰，還想裝傻嗎？你現在也能看見甕的內側，覆滿了血紅色的掌印吧？

好，這下你明白了吧？

你嫉妒心強、殘忍至極，簡直無可救藥。你沒有一絲溫柔，是個愛束縛、禁錮、毆打、咒罵女人的男人。你是極度害怕自己變成單獨一個人，徹頭徹尾的懦夫。你甚至不放過自己親手殺害的女人，把她們放入甕裡留在身邊，貪婪卻又無法接受自己犯下的罪孽，你就是個膽小鬼。

歌太郎，這就是你！

歌太郎「唔～」地發出低吟聲仰天倒下，口吐白沫、雙眼翻白。

焦茶丸以為他死了，倒抽一口氣。

「阿、阿百姐！」

「你放心。他只是暈過去了。因為他剛才親眼目睹了自己一直不肯正面面對的模樣。八成是內心承受不住。真是個窩囊廢。」

阿百啐道，身體搖搖晃晃。

因為過度使用左眼，阿百腦袋深處燙得猶如火在燒，一陣陣刺痛起來。她連忙戴上眼罩，疼痛卻沒有平息，眼前天旋地轉，黑暗也漸漸逼近右眼，逐漸看不清楚。

這時，焦茶丸握住阿百的手。

「阿百姐，妳還好吧？」

「……焦茶丸。」

確實的觸感令阿百感覺像是抓住了一根救命稻草。她不禁反握住焦茶丸的手。

「你在夜裡看得清楚嗎？」

「那當然。就算在一片漆黑中，我的視力也和白天差不多。」

「太好了。那麼，送我回家。」

「收到，遵命！啊，在那之前，我可以先脫掉這身新娘禮服嗎？好難行動。」

「可以是可以，但是不能亂丟。那是跟猿丸借來的，要跟假髮一起乾淨地還回去，否則我會挨罵。」

「好好好。我會好好帶回去的。」

焦茶丸迅速脫下新娘禮服，捲成一團之後，連同假髮一起以束袖帶綁在自己背上。

「讓妳久等了。那麼，我們回去吧。」

「嗯，走吧。」

這時，阿百再度回頭，靜靜地對倒地不起的歌太郎說：

「我雖然無法替你找到新娘，但是替你找回了本性。這麼一來，你總算能夠變成真正的自己了吧？」

阿百被焦茶丸牽著手，拾級而上。

沒有人看到他們倆悄悄離開澤井屋的身影。

兩天後，油批發商「澤井屋」老闆歌太郎的屍體被人發現。他將一把厚刃菜刀刺入自己的脖子自戕。從他平常的行為舉止，看不出半點想不開的跡象，因此令眾人大吃一驚。

但是，真正引發騷動的是在那之後的事情。從放在歌太郎屍體兩旁的兩個大甕裡，分別發現了一具化為白骨的屍骸。從隨著死者一同放入的衣服和髮簪研判，應該是歌太郎的母親阿民，以及第一任妻子阿好。

歌太郎的性情溫和穩重，深受到傭人敬重，竟然暗中藏匿母親、妻子的屍骸。尤其眾人一直以為歌太郎的母親還在人世，因此大受震驚。

她何時死的？

話說回來，她為何而死？

哎呀，肯定是歌太郎下的毒手，阿好一定也是如此。

他一直隱瞞這件事至今，恐怕是終於受不了良心的苛責，最後選擇自盡。

這件事傳遍整個江戶，有好一陣子，愛嚼舌根的江戶人幾乎每天都在談論這件事情。

六

澤井屋事件之後，失物協尋師阿百過了一段平靜的日子。

雖然三不五時有工作上門，但是委託內容都還算正常，像是幫忙尋找走失的家貓、拜託找回被老婆擅自賣掉的春畫。沒有半件令人驚訝的異常案件，因此獲得的報酬也少得可憐。焦茶九甚至忍不住抱怨：「一般的委託賺不了錢耶。」

「我說，阿百姐……快要十二月囉。再過一個月，就要過年了。」

「嗯？所以呢？你要說什麼？難不要我提早準備搗年糕嗎？」

「我想說的是，山上即將舉辦神樂！這幾年，連一片鱗片都沒找到，主人的神樂也跳得意興闌珊，山上的收成也逐年變差。如果明年，主人不賣力跳神樂，山裡的精怪們真的會慘兮兮。」

「噢~這樣啊，那真是可憐耶。」

阿百一邊摳鼻孔，一邊漫不經心地回應。

「我啊，也想快點賺到千兩啊。但是世道一片蕭條，我也沒轍啊。……要是你煮碗加蛋的烏龍麵給我，我也許會更有幹勁一點。」

「煮妳個頭啦！」

焦茶丸氣得火冒三丈，但還是開始準備煮烏龍麵。然而，或許是因為心煩意亂，他切蔥時，不小心連自己的手指也一起切了下去。傷口意外地深，鮮血四濺。

「好痛！」

他痛得哀號，阿百立刻衝了過來。

「發生什麼事？鬼吼鬼叫的！啊？」

阿百一看到焦茶丸的手指滴滴答答地流血，頓時瞪大眼睛。

「吼～，你真是的！搞什麼鬼啊！怎麼做事這麼不小心！」

「嗚嗚嗚……」

「哭什麼哭！喏，用這條手巾壓住傷口。應該有創傷藥才對。雖然是人用的，但是說不定對你也有效。叫你快點過來這邊，還不快點，笨手笨腳的。」

阿百嘴裡罵個不停，但是在傷口塗了一堆軟膏，又撕開一條新的手巾，牢牢地綁住焦茶丸的手指。

疼痛總算緩和下來，焦茶丸鬆了一口氣。雖然阿百抱怨個沒完沒了，一會兒嫌「地板被你弄髒了」，一會兒說「浪費藥」，但是依舊替他包紮了。焦茶丸心裡還是有點感激她的。

焦茶丸在心中暗自決定，短時間內別再叫阿百更努力工作了。

但是……

時間飛快流逝，一轉眼，十二月也過了一半，阿百的千兩箱依然空空如也。

焦茶丸焦躁地心想，這樣下去不行。

按照目前的速度，阿百的千兩箱要存滿小金幣，少說還要幾十年。也就是說，自己今後還得被阿百使喚幾十年。

這就代表之前在澤井屋被迫做的事，可能會再度上演。阿百說不定又會逼他打扮成女孩的模樣，命令他在男人面前搔首弄姿。

「那、那樣的話，我的貞操遲早真的會……天、天啊～～～！」

焦茶丸光是想像，就焦慮到尾巴上的毛快要全部掉光，更別說幾十年無法回故鄉了，他根本連想都不敢多想。

住在這裡一個半月多。焦茶丸非常想念山上。河川的潺潺流水聲、充滿青苔香味的寂靜樹洞、從山頂眺望的繁星閃爍。那些東西，這裡都沒有。

我想回去。我想回去山上。

為了要回去，焦茶丸心想「無論如何都得讓阿百賺錢」，於是衝向她。

「阿百姐！十二月已經過一半了唷！一年也快過完了！但是，千兩箱裡只有四十兩。這樣不行。不能像這樣只是坐等客人上門，我們出去走走吧！主動找到有困擾的人，幫助他們然後收取酬勞。」

「嗯？」

阿百只是慵懶地回望焦茶丸。

或許是因為最近天氣明顯變冷，阿百總像隻貓似地綣縮在小小的暖被桌，不想外出。她今天也窩在暖被桌裡，一面打哈欠，一面應道：

「我不要。」

「為什麼不要?!」

「好冷、好累、好麻煩。」

「氣死我了～～～～！」

「你很吵耶。既然你那麼說，那你去找有錢、有困擾的人來啊。如果你找到工作，到時候我也會努力。哈、哈啊～～～」

這次打了個大哈欠。

焦茶丸氣炸了。

「好。一言為定，我這就去找工作。」

「你現在要出門？那我的午餐怎麼辦？」

「妳可以偶爾自己煮點什麼吧?」

焦茶丸丟下這一句話，就衝到外面。

十二月的天空，是晴朗無雲、令人眼睛為之一亮的美麗水藍色。風雖然冰冷，卻也令人打起精神來。

焦茶怒氣沖沖，頭頂冒煙，在大街上快步而去。他在心中大聲咆哮對阿百的怨言。

懶惰鬼、魯莽蠻幹、酒鬼、揮霍無度、毒舌，真是個無可救藥的人。為什麼好死不死，主人的鱗片偏偏附在那種人身上?如果是耿直和善的人，搞不好就會爽快地還給我了。

真想乾脆硬搶過來，但是自己沒有那種力量。這也令焦茶丸心有不甘，氣得牙癢癢。

結果，或許正如阿百所願，讓她存到千兩才是最快的辦法吧。

焦茶丸前往人潮眾多、大店櫛比鱗次的大街。年關將至，大街上熱鬧非凡。為了迎接即將到來的新年，所有人都帶著莫名的愉悅感邁著步伐前進。

焦茶丸費盡力氣地在充滿活力的人群中擠來擠去。阿百賦予他焦茶丸這個名字，使他在人間也能勉強生活。儘管如此，他還是受不了這種人山人海的地方，因為山上沒有數不清的人的氣味和氣息。他像是被毒氣薰到似地，身體開始疲憊。

就在他低聲哀號、腳步踉蹌時，突然有股沒有聞過的氣味竄入鼻腔。

一股像是鐵鏽般濃烈的獨特氣味，這是恐懼的氣味，而且還有一種爛泥般的不安氣味。

兩種氣味都非常強烈。不是一、兩個人散發出來的，而是好幾個人正在恐懼、害怕著什麼。

焦茶丸心想「怎麼回事？」不禁循著氣味，轉進一條橫巷。

從大街往小巷裡一走進去，立刻變得靜悄悄，因為面向大街的店家後方，就是商人們的住處。

既然能夠在這一帶開店，就代表財力雄厚，所以大多是氣派的房屋。這裡其中一戶人家散發出異常緊張的氣息，高聳的圍牆裡面有一種刻意壓抑的不自然沉默。但是，並非全然靜默無聲，還能聽到傳來的啜泣聲。

焦茶丸聽見了一個名字。

春吉。

春吉。

正當焦茶丸歪頭思索「大概是有人過世了吧」時，那戶人家的木頭後門「啪」地開啟，一名七歲左右的女孩衝了出來。

她應該不是傭人，而是這戶人家的千金；身穿可愛的和服，髮髻也梳得整整齊齊，但是她的臉卻滿是淚痕。或許是因為這個緣故，她的視線模糊，看不清前方而重重地撞上了焦茶丸。

「哇啊！」

「對、對不起！」

「沒、沒關係。我沒事……倒是妳，還好吧？」

女孩的臉又皺成一團；鼻尖變得更紅，淚水從眼眶滿溢，啪嗒啪嗒掉下來。焦茶丸見狀，莫名焦急。

「喂！別、別哭！」

「嗚、嗚哇啊～～～！啊～～～～！」

那是一種從心底迸發的哭聲。在此同時，悲傷和不安的氣息也瞬間變濃。

強烈的氣息幾乎堵住鼻腔，令焦茶丸退縮。

無論是房屋的氣氛，或者這孩子的哭法和氣息，兩者都非比尋常。

焦茶丸繼續安撫，想讓女孩平靜下來，設法從她口中問出詳情。

在焦茶丸的耐心撫慰下，女孩終於漸漸止住哭泣。她抽抽搭搭地哭著，說她的名字是秋音，今年七歲，有個小她三歲的弟弟，但是他不見了。

「不見了？什麼時候？」

「前天。爹、爹他們、爺爺他們都說，弟、弟、弟弟被拐走了。拐走他的人，應、應該想要錢。所以，我們一直在等，娘完全沒睡，一直在等。」

她的家人一直在等拐走孩子的犯人提出贖金的要求，已經準備好錢想隨時贖回孩子，一心祈求孩子平安無事。

原來如此，難怪會散發出濃重的恐懼氣息。

面對剛理解這一切的焦茶丸，秋音像是在求救似地對他說：

「可是，我、我知道。春吉在倉庫裡！他不可能去任何地方！因、因為我看見他了！」

秋音說，前天她和春吉在家裡玩捉迷藏。

秋音當鬼，數完二十之後開始尋找弟弟。於是，當她走在外廊時，看見弟弟跑進建於中庭的倉庫。

秋音很生氣。明明一開始說好只能躲在家裡，弟弟卻破壞規則，不可原諒。

「所、所以，我想要稍微教訓他一下。我、我靠近倉庫，把門關上。門對春吉來說太重，所以他絕對出不來，我原本想說讓他哭一下沒關係。」

秋音說，她那時憋著笑，就這樣從倉庫旁邊離開。

不久之後，到了午餐的時間，家人察覺到春吉不見人影。秋音裝作沒事地告訴家人：「我看到他往倉庫走去。」

但是……

春吉不在倉庫裡。儘管搜遍所有角落，就是沒有四歲男孩的身影。

家人說搞不好他躲在家裡，換成在家裡到處搜。

春吉。快出來。捉迷藏已經結束囉。春吉！春吉！

無論怎麼叫喊，都沒有聽見回應的聲音。

最後，連僕人們也總動員，擴大搜索範圍到外面尋找。但是，沒有任何人看到春吉。

這已經不是惡作劇躲起來了，也不像是迷路，一定是犯人為了贖金，拐走了他。

秋音的父母臉色發白，一家之主的祖父強作鎮定地對他們說：

「如果是為了錢，春吉一定會平安無事，犯人應該也不會對幼童動粗。總之，我們等吧。犯人一定會跟我們聯絡。在那之前，不要讓官差知道這件事。」

就這樣過了一天一夜，如今毫無聯絡，春吉依然下落不明。

秋音一再懇求著說——

春吉應該還在倉庫。

她希望大人們更仔細找一找。

但是，沒有人肯相信孩子說的話。

秋音懊悔不已，又很擔心春吉，痛苦得簡直快要崩潰了。她也覺得是自己害的，心裡非常過意不去。

如果沒有把春吉關在倉庫、如果沒有使性子，就那樣繼續玩捉迷藏、找到春吉的話，事情或許就不會變成這樣。

秋音受到這種念頭折磨，再加上家裡籠罩著令人窒息的凝重氣氛，忍不住逃到外面，就遇見了焦茶丸。

「都是我的錯……要、要是我當時找到春吉就好了……萬、萬一他有什麼三長兩短，怎、怎麼辦?!」

秋音又哭了起來，焦茶丸輕輕撫摸她的頭。

「不會有事的啦。我認識一個找東西的專家。不管是被拐走或者迷了路，她都一定能把春吉找出來。」

「真、真的？真的有這種人嗎？」

「嗯。不過，不是免費。不付錢的話，她就不會出半分力……」

「沒問題！」

秋音露出抓住最後一根救命稻草般的眼神，趨身向前。

「爹他們會付錢！如果找到春吉，我們會重金酬謝！求求你！拜託那個人，找到我弟弟！求求你！」

焦茶說了聲好，點點頭。他在腦中開始盤算，要怎麼把阿百從暖被桌裡拖出來。

阿百嘴裡咒罵「冷死了、冷死了」，但是意外順從地爬出暖被桌。她聽到失蹤的是大商家的孩子，好像充滿幹勁。

焦茶丸總算鬆了一口氣。

幼童柔弱，而且這幾天氣溫驟降、相當寒冷。無論他在哪裡，都必須盡快找到他。

焦茶丸帶路，前往秋音等候的那戶人家，很自然地加快了腳步。

阿百緊跟在心急如焚的焦茶丸身後。

阿百一邊走，一邊開口問：

「所以，你覺得如何？你覺得真如那個女孩所說，春吉還在倉庫裡嗎？」

「我不知道。秋音好像一心這麼認定，她看起來也不像是在說謊。可是，聽說她家人搜遍整個倉庫，我想春吉不可能在裡面。」

活生生的人不會消失。秋音確實將弟弟關在倉庫裡。但是，春吉應該使用某種方法，或者在某人的協助下，從倉庫脫身了。

焦茶丸如此認為。

但是，阿百好像不這麼想。她壓低音量說：

「除了被人拐走或迷路之外，還有一種可能……神隱。」

「……神隱。」

人憑空消失的神隱。

被魔神仔牽走、掉入某個時刻偶然開啟、通入異界的洞，或者受到天狗青睞而被帶走。

倘若如此，光靠一般人的力量根本救不出來。按照這種情況來看，愈來愈需要阿百的力量。

「阿百姐……妳以前曾經受託搜尋遭遇神隱的人嗎？」

「有過幾次。可是，每一次都不是魔神仔或神明搞的鬼。失蹤者只是掉入沒人知道的古井、在山裡滑倒、被河流吞噬，因此下落不明而已……不管怎樣，人還活著就有希望。」

只要春吉活著，就能救出他。

聽到阿百這句話，焦茶丸頻頻點頭。

他們倆繞到房屋後方一看，秋音正在木頭後門等候。秋音看到焦茶丸回來，身後跟著阿百，眼睛像星星一樣閃閃發亮。

「太好了！她、她就是你說的人嗎？她會替我們找到春吉？」

「是啊。她是阿百姐。」

「求、求求妳！請妳務必找到春吉！」

秋音拼命對阿百鞠躬。阿百有些吃不消，表情困窘地說「別這樣」。

「被妳這樣鞠躬，我全身上下都癢癢的。再說，時間寶貴。趕緊讓我開始找，先拿妳弟弟的東西給我看。還有，也帶我去妳最後看到他的那間倉庫。」

「好、好！」

在秋音的帶路下，阿百和焦茶丸進入了那戶人家。

秋音先帶兩人前往倉庫前面，接著回到家裡，然後拿著一顆小手鞠球回來。

「這是我弟弟最喜歡的東西。」

「讓我瞧瞧。」

阿百撥開一直戴著的頭巾並摘下眼罩，這讓秋音不禁打了個寒顫，萬萬沒想到會出現一隻藍眼；她屏住呼吸，目不轉睛地盯著看。但是，她既沒有露出要逃跑的跡象，也沒有尖叫。

阿百似乎中意她這一點，面露微笑，從秋音手中接下手鞠球。

焦茶丸急切地問：

「怎麼樣？」

「別急，等一下。我現在正在仔細辨識春吉這孩子的氣息……噢～這個啊。嗯！好，靠這個就能追蹤。」

阿百說了聲「謝啦」，將手鞠球還給秋音之後，重新面向倉庫仔細環顧四周，靜靜地說：

「看來或許正如秋音所說。」

「咦?!」

「春吉好像在這裡面，明明能夠清楚看見他進入的痕跡，但是找不到他出去的痕跡……嗯，他肯定在這裡面。」

「春、春吉！」

聽到阿百這句話，秋音整個人撲上前去，打開倉庫的門。

沉重的門「嘎吱嘎吱」地開啟，從裡面發出一股灰塵和幽暗的氣味。阿百阻止了想要衝進去的秋音，先一步走入內，小心謹慎地邁步前進。

畢竟是大商家的倉庫，大大小小、各式各樣的箱子和物品堆積如山。其中也有孩子能夠輕易躲進去的箱子，但是阿百從它們旁邊直接經過，直接走向深處。

焦茶丸跟隨其後，忽然心頭一怔。

這股氣味。這個氣息。啊～難不成！

但是，焦茶丸尚未驚呼，阿百就先發現了什麼。

「這是什麼？」

阿百的目光停在一個隨意放在地面的陶壺上。它的大小約莫和成人的頭一樣，八成是花瓶，不過造型歪斜粗糙，不像出自工匠之手。

但是它的顏色精美，覆滿陶壺的釉藥在微暗中，依然清晰浮現深邃的藍色，它和阿百的左眼顏色一模一樣。

不知道她是否察覺到這一點，總之，阿百好像無法從那個陶壺移開目光。

「總覺得有點古怪，左眼深處微微發燙。還有……春吉的氣息在這個陶壺前面消失……太奇怪了，就好像是他躲在這裡面一樣，可是，這種事明明不可能發生。」

阿百一面喃喃自語，一面像是被吸引似地靠近陶壺。

但是，即使到了此時，焦茶丸還是發不出聲。因為這件事太過出乎意料，令他的腦中一片空白，一時語塞。

找到了！這種地方居然還有一片！

焦茶丸連要找春吉都忘得一乾二淨，終於喊出聲來。

「阿百姐，是主人！」

「你說什麼？」

「我說是主人啊！鱗片！就在那個陶壺裡！」

「你在開玩笑吧？」

「真的啦！這股氣息不會錯！哇啊，真是令人不敢相信。我居然能夠找到兩片！」

看到眼前的焦茶丸歡天喜地大聲嚷嚷，阿百說著「讓我瞧瞧」，將手伸進陶壺中。

下一瞬間，阿百消失了。

她「咻」地被吸進了陶壺。

陶壺裡一片漆黑。

雖然能夠呼吸，但是渾身沉重、行動遲緩，儼然像是身在水裡一樣。裡面完全沒有一絲光線，卻能夠清楚看見陶壺裡的東西。

一團又一團的水像是氣泡一樣輕盈漂浮，閃閃發光。

也有菊花、牡丹這些剪下的花朵四處飛散。

還有貓和老鼠的身影，八成也一樣是被吸入陶壺的。但是，牠們全都死了，化為一具具乾癟的屍體。

即使在這個時間彷彿停滯的陶壺世界裡，死亡這件事依然存在。想到自己墜入這種地方，阿百不禁背脊一陣發寒。

同時，她也對自己火冒三丈。

笨蛋笨蛋笨蛋！明知可疑，但卻掉以輕心！她以為奇妙的氣息或許是源自於山神的鱗片，居然不慎把手伸進去，真是蠢到家了。

雖然身體能夠自由活動，但是即使動用左眼，也找不到看似出口的地方。說不定從裡面根本就出不去。想到自己變成屍體漂浮在黑暗中的身影，幾乎一時間失去理智地想要大叫出聲。

但是，阿百強忍著，抓住自己的手臂，指甲深陷皮膚裡。

好痛！會痛代表她還活著，心臟狂跳不已，這也證明她還活著。在這顆心臟停止跳動之前，豈能放棄？

再說，她還有一絲希望。因為焦茶丸在外面，他不是一般的毛頭小子，而是精怪，想要取回附在她左眼的山神鱗片。縱然他要捨棄阿百，應該也絕對不會放棄鱗片，為了取回鱗片，他一定會想盡辦法。

如今，他是阿百唯一且最大的希望。

「焦茶丸，靠你了，就算是為了鱗片也好，總之，救我出去！」

阿百低喃之後，有些焦躁。

自己居然必須將最後的希望寄託在別人身上。而且對方連朋友都稱不上，只是個蹭飯吃的傢伙。

但是，阿百覺得胡思亂想也無濟於事，迅速轉換心情。把逃出這裡的方法姑且交給焦茶丸去想，先做自己能做的事吧。

阿百撥開沉重黏稠的黑暗，開始往下潛。

失蹤的孩子，春吉。

他一定是個受到眾人疼愛，備受呵護長大的孩子。從手鞠球感知到的春吉氣息，是柔嫩的黃色。

那股黃色的氣息猶如一縷輕煙，從下方緩緩升起。

他在！他肯定在這下面。

春吉進入倉庫，一定是被深處的藍色陶壺所吸引，探頭往裡頭看。然後就和阿百一樣，被陶壺給吞沒。

阿百暗自祈求春吉要平安無事，循著黃色的煙繼續往下潛。

終於，她發現了一個無力漂浮的小人影，急忙靠近，抓住他的手。孩子的手濕冷冰涼，她嚇得心跳漏了半拍。

但是，當她將孩子翻過來臉朝上確認之後，發現他還有呼吸。

他還活著。但是，這副憔悴模樣是怎麼回事？從身體滲出的生氣微弱，肌膚青白如蠟，唯獨緊閉的眼皮紅腫，彷彿不久之前還在哭泣，可是臉頰上沒有留下淚痕。

阿百以雙臂緊摟昏迷不醒的孩子，用力搖晃。

「喂！春吉。你是春吉吧？醒醒啊！振作一點！」

春吉對於阿百的呼喊毫無反應。

相對地，回應她的另有其人。

「我不會讓他那麼快死，否則我就沒得玩了。」

那個聲音粗糙沙啞，不是人的聲音。

阿百猛然抬起頭來。

眼前不遠處，有一個不同於周圍漆黑的幽黑東西。它像是塊物體，又像是霧氣，時而凝聚成形，時而扭曲變形，一會兒縮小，一會兒膨脹。

那傢伙的形體無法捉摸，也沒有眼珠和嘴巴。但是，祂對阿百卻投以強烈的目光、發出極度的惡意。

是怪物。

一道冷汗迅速流下阿百的背脊。但是，她臉上沒有顯現絲毫懦弱或怯意。她護著一動也不動的孩子，目光如刃地瞪視對方。

「你是什麼東西？」

「不知道，我沒有名字。在我力量更弱、腦袋一片模糊時，就被關進這裡面，然後一直待在這裡。我在這裡變得更大更強、更聰明。」

「……」

阿百心想，祂恐怕原本是名雜鬼，或者一團無名的妖氣。

非常微弱的影子碎片，被吸入陶壺。

只要不認為自己遭到囚禁，陶壺內的世界應該是個絕佳的巢穴，舒適安全，而且時不時會有餌食掉進來。影子肯定是藉此增添力量，成長茁壯，漸漸變成怪物。

在此同時，怪物開心地悠悠晃動沒有形體的身軀。

「妳好美啊，力量很強，感覺好美味。我真開心，居然來了這麼棒的獵物。孩子也不錯，但是妳比孩子好上千百倍。」

怪物的身體「啪」一聲地瓦解，變成好幾條細長的手臂，伸向阿百。

「別靠近我！」

阿百怒喝，雙手猛力擊掌，產生的聲音化為看不見的利刃，斬斷怪物的手臂。

阿百自幼就經常被魔物盯上，因此，她為了保護自己，獨創出一套驅魔技巧。

首先是氣勢。這是關鍵。

凝聚絕不想讓魔物接近自己這種強烈意念，然後拍響手掌；想像聲音化為利刃，劈開對方的畫面。

大多數的魔物都會因此退散。

但是……

這次行不通了。儘管怪物受到衝擊，一度崩解成霧，但是影子又像是一群蒼蠅般聚攏成團。

影子愉快地笑道：

「哇啊～妳好強好強。要是在外頭吃了那一招，我肯定會四分五裂。可是，真遺憾，這裡是我的地盤。如今，這裡等於是我的胃。」

「那又怎麼樣?!」

阿百怒吼回去。

「我只要不停拍手，讓你無法維持形體就行了。你一副不痛不癢的樣子，其實還是會痛吧。如果不想再吃苦頭，就不要靠近我和這孩子，快滾到一邊去！」

「呵呵呵，硬脾氣也合我胃口。把妳這種強悍的女人弄哭，一定非常有趣。從妳身上擠出來的淚水，想必甜得令人融化。」

傳來濕滑的舌頭舔嘴的聲音。

但是，阿百反倒笑了。

「把我弄哭？你真以為你做得到嗎？」

「這並不難。妳確實有一顆鋼鐵般堅硬的心，但是……我很聰明。就算不靠近妳，把妳弄哭的方法也多的是。」

「像這樣如何？」怪物說完，身形忽然改變，原本像是黑雲般擴散的身形，「咻」地瞬間縮小濃縮，各種顏色浮上全黑的表面。

接著，出現了一個女人。

她雖不年輕，但是清新脫俗，容貌稱得上美麗，但是表情駭人，十分惡毒地瞪視阿百。

阿百受到惡毒的目光瞪視，覺得身體好像變成氣泡，逐漸溶解消散。一股無法靠理性或意志壓制的恐懼，從體內深處湧現。

「你還真是會……耍、耍賤招啊。」

從喉嚨擠出來的聲音，也虛弱得不像是自己的。

不行，別被恐懼吞噬！她不是那個人，那個人已經無法傷害我。比起被她傷害的時候，現在的我已經強大許多，而且她根本是假的，她只是怪物變成的幻影。

即使這樣告訴自己，身體依然無法停止顫抖。

女人語帶嘲弄，滿腔憤恨地對阿百嘶吼道：

「沒想到我到處求神拜佛好不容易懷上的孩子，居然是個怪物。沒錯，妳就是怪物，擁有那種眼睛的人，怎麼可能是我們的孩子，一定是哪裡搞錯了。鐵定是真正的孩子被怪物奪走，留下了自己的孩子！啊～別用那隻眼睛看我！別看我！不要看我啊，妳這個怪物！」

從她口中接連吐出的一字一句都帶著尖銳的惡意，深深刺進阿百的心裡。

阿百感覺時光倒流。她的身心退回童年，變成只能瑟縮發抖的年幼少女。

少女含著眼淚，對女人呼喊道：

「娘……」

阿百徹底崩潰。

焦茶丸驚呆了。

阿百消失了，她被吞入陶壺裡。明明親眼目睹，但是無法置信。

焦茶丸臉色蒼白，回頭望向身後的秋音。秋音也一臉鐵青。

「剛、剛、剛才的……」

「秋音，妳、妳也看見了吧？」

「嗯。阿、阿百姐……被吞入其中……」

果然不是幻覺啊。

焦茶丸嘆了一口氣，秋音在他面前止不住顫抖起來。

「怎、怎麼辦?!春吉一定也在其中！啊～怎麼辦?!如、如果打破的話，他們倆會不會就出來了？」

「啊！不行啦！要是隨便靠近，搞不好就會重蹈覆轍！」

焦茶丸連忙阻止秋音，拚命思考。

如今，自己和秋音平安無事。就連接近陶壺的阿百，在把手伸進去之前也別無異狀。難道這個陶壺只會吸入想要進入的人嗎？

「秋音，那是什麼樣的陶壺啊？」

「我、我不太清楚。我很少進來這裡。可、可是，爺爺之前曾經告訴我，曾祖父的嗜好是製作陶器。他雖然手藝拙劣，做出來的東西都不能用，但是成功地製作了唯一一個美麗絕倫的藍色陶壺。」

「藍色陶壺……」

「對。其實他原本應該是要製作黑色陶壺，但是不知道為什麼變成藍色。可是，聽、聽說那個陶壺還是不能用。爺爺笑著說，不管裝水或插花，水和花都會在不知不覺間消失。曾祖母一氣之下，就把它收進了倉庫。」

焦茶丸嗯了一聲，陷入沉默。思緒在腦中飛快地運轉。

秋音的曾祖父製作的唯一一個藍色陶壺，恐怕是山神的鱗片混入土裡，他渾然不覺地揉成黏土，燒成陶壺。

如同附在阿百眼中的鱗片，賦予她特異的能力，這片鱗片也賦予了陶壺力量。如此一來，也就能解釋它為何能夠吞噬一切。

但是，接下來要怎麼辦？

如果打破陶壺，肯定能夠取出壺內的鱗片。這是既安全又簡單的做法。但是，被吸入其中的阿百跟春吉會如何？如果打破陶壺，他們就能平安無事地出來也就罷了，但是不知道是否真會如此。既然不確定結果如何，就不能輕舉妄動。

不，這次乾脆捨棄阿百他們算了？反正還能夠取得一片鱗片，如果帶著它回到山上，山神應該會開心地誇獎焦茶丸，然後幹勁十足地跳新年的神樂。

如此一來，原本荒蕪的山林也會恢復綠意，花草萌芽，小溪變成大河，鳥獸再度孕育後代。為了住在山上的精怪們著想，在新年之前帶著鱗片回去絕對比較好。

可是，為此犧牲掉阿百和春吉，總覺得有點說不過去。不不不，且慢。話說回來，誰說打破陶壺，阿百他們就不會得救？說不定打破陶壺，他們倆反而會獲救。

千頭萬緒浮現腦海，撕扯著焦茶丸的心，抓出一道道傷痕。他內心刺痛，眼前發黑。

回過神來時，焦茶丸已將手搭在陶壺上。

如果拿起它，往下用力一砸……就能回到令人懷念的山上！

但是，當他正準備要握緊手時，忽然注意到指尖上有一道正在癒合的傷口。

焦茶丸想起那是前一陣子，用菜刀切菜時不小切到手的傷痕。

他還想起另一件事——是阿百替他包紮傷口的。

沒錯。阿百雖然嘴裡斥責焦茶丸，但是手腳俐落地替他包紮傷口。她幫他塗了軟膏，又毫不吝惜地撕開新手巾，細心地綁住傷口。

說到這個，那一天晚上好像去了外面的餐館？因為阿百任性地說：「我今天無論如何就是想吃軍雞鍋[20]。」但是，那會不會是她的體貼，為了不讓受傷的焦茶丸準備晚餐？

焦茶丸感覺到強烈的焦躁和浮上心頭的鄉愁，猶如潮水般迅速退去。

「必須救……阿百姐。」

焦茶丸心意已決，回頭望向身後。

他看見秋音蜷縮身子，一邊呼喚弟弟的名字，一邊啜泣。他扶起秋音，直盯著她的臉。

「秋音，幫幫我。我想要救出他們！」

「嗚～嗚～我、我、我該做什麼才、才好？」

「首先，我要繩子。我希望妳幫我找一條很長的繩子。」

彷彿受到焦茶丸的決心所激勵，秋音頓時挺直身子。

「我、我知道了。我馬上回來，你等一下。」

秋音從倉庫衝出去，帶著一條非常長的繩子回來。

「謝謝。這就行了。」

焦茶丸將繩子的一端牢牢綁在倉庫的柱子上，將另一端纏在自

20 編註：軍雞指的是「鬥雞」。在江戶時代盛行鬥雞文化，在鬥雞場上敗陣的鬥雞，最後會成為桌上的佳餚。這道菜的是日本高知縣的地方料理，也是歷史人物坂本龍馬的最愛。

己腰間。

秋音終於明白他的用意。

「這是救、救命繩嗎？」

「是啊……我接下來要進入陶壺裡，妳在這裡等著。」

「我、我是不是也一起去比較好？」

「不行。我之所以希望妳待在這裡，是因為希望妳看好這條繩子。假如繩子斷掉……我希望妳拿一條新繩子過來再丟進陶壺裡，好讓我們能夠沿著那條繩子回來。這是重要的任務，妳能幫我吧？」

秋音說「好」，並點了點頭。

焦茶丸雙手抓住繩子，悄悄地將腳尖探入藍色的陶壺。

他來不及眨眼，在毫無知覺的情況下被吞噬了。

他已經看不見倉庫、陶壺以及秋音的身影，眼前唯有黑暗還有漂浮著像是垃圾的東西。但是，腰間的繩子好端端地連結著上方。只要沿著繩子向上，應該就能出去。

焦茶丸姑且鬆了口氣，決定去找阿百和春吉。

吸入混濁溫熱的空氣，一股熟悉的氣味竄入鼻腔。是阿百！除此之外，還有一股類似秋音的氣味，這應該是春吉的氣味。他們兩個人好像就在附近。

繩子的長度綽綽有餘，焦茶丸馬上循著氣味，開始在黑暗中游了起來。

不久之後，他發現孩子幼小的身體，像是死魚般漂浮著。

阿百就在他身旁。她被黑暗攫獲，如同落入蜘蛛網的飛蟲，微微抽動。

光是看到這一幕，焦茶丸就差點窒息，更強烈的衝擊隨之而來。

天不怕、地不怕的阿百竟然在哭。而且不是一般的哭法。她像個孩子一樣，抽抽搭搭地哭。她的雙眼失去堅強的光芒，只有滿溢的畏懼和淚水。

而從背後緊緊抱住阿百的影子，「啪嚓啪嚓」地舔舐淚水，發出歡喜的聲音。

那是一幕令人作嘔的駭人景象。

但是，驚嚇很快就消散，怒火在焦茶丸體內熊熊燃起。看到阿百在哭，激起一種連他自己都很吃驚的義憤之情。

「嗚哇啊～～～～！」

焦茶丸放聲怒吼，撲了上去。他撲向架住阿百的影子，用手撕抓、拳打腳踢，其至用牙齒咬。不知不覺間，他從人形變回小狸貓的模樣，但是他卻渾然不覺。

無論是出拳毆打或用身體衝撞，都打不到實體。但是，焦茶丸的憤怒和氣勢好像令影子感到痛苦。祂終於從阿百身上脫離，像是霧靄般四散後退。

焦茶丸一邊瞪視著影子，一邊緊挨著阿百。

「阿百姐！振、振作一點！醒醒啊！」

被搖晃之後，阿百看了焦茶丸一眼。頓時，她湧出新的淚水。

「別這樣！我錯了！」

「阿、阿百姐！」

阿百以手摀住藍色左眼，她害怕畏縮的身影令焦茶丸嚇了一跳。

但是，阿百好像認不出焦茶丸。她不斷顫抖，持續哭喊：

「我不會再說了！就算看到奇怪的東西，我也會假裝看不見！可是，真的不是我。娘，求妳相信我！不是我讓祂們做的，我只是看得見而已！所以求妳別生氣！不、不要打我！……對不起、對不起！我很噁心，對不起！我不是一般小孩，對不起！……不要、不要！住手！住手～」

悲痛的聲音令人心碎。

一句又一句悲傷的話語，令人想要摀住耳朵。

焦茶丸知道她被母親賣到花街淪為妓女。但是，那只是冰山一角。在那之前，阿百的身心早已被傷得千瘡百孔。

焦茶丸窺見阿百的過去，和她一樣顫抖起來。

多麼痛苦。

多麼悲傷。

影子再度開始現形，對顫抖的焦茶丸低語：

「還給我。喂，那是我的東西唷，還給我。這個女人的眼淚真好吃，我沒有吃過比它更美味的東西了。」

「你對阿百姐做、做了什麼?!」

「我讓她看了幻影。這個女人絕對不想看的畫面、絕對不願想起的回憶。她很強，真的很強。可是，內心滿目瘡夷，只要輕輕一抓，馬上就會噴出鮮紅的血。呵呵呵，她輕易地就中招了。」

「你、你這傢伙！」

「我也讓你看一看吧。狸貓，怎麼樣？讓你看一看吧。」

影子身形一晃，開始擴散。

焦茶丸連忙別開目光，不能連自己也中招，必須在那傢伙動手之前，讓阿百清醒才行。

但是，他幾乎無暇思考對策，影子就逼近過來。

焦茶丸著急地抓起阿百的手。

「阿百姐，對不起！」

他狠狠地一口咬下去。

小小的尖牙輕易地陷入柔軟的肉，鮮血立刻湧入口中。濃濃的血腥味令焦茶丸莫名險些流淚，但是他更加用力地咬合下顎。

「好、好痛！」

阿百低吟，望向焦茶丸。她像是從夢中醒來時一樣，頻頻眨眼，然後終於開口。

「焦茶丸……？」

「阿百姐！妳、妳清醒了嗎?!」

「清醒是什麼意……啊！」

阿百看到逼近而來的影子，眼中立刻燃起熊熊怒火。

「你這個死雜碎，別靠過來！」

阿百一面怒吼，一面雙手擊掌。影子吃了聲音一擊，散成霧狀。

「太好了！」

焦茶丸忍不住高聲歡呼，但令他開心的不是擊退影子，而是阿百回來了。

中氣十足的聲音、毫不莊重的語氣，渾身充滿氣勢，像是盛怒的貓一般粗暴。

但是，這正是阿百。

焦茶丸心想「平常的阿百回來了」，開心地猛搖尾巴。但是，阿百異常冷靜。

「要開心還太早，這傢伙馬上就會復原，我們要趕緊離開這裡！焦茶丸，帶路！」

阿百一面背起一旁的春吉，一面說道。

接下來必須跑個不停，手腳合力撥開沉重如泥的空氣，沿著繩子前進。

每當快被影子追上，阿百就會雙手擊掌並大聲咒罵，擊退影子。

焦茶丸看到她那可靠的身影，笑著心想，阿百果然就是要這樣才對。

於是，他們終於來到繩子的盡頭。繩子融入黑暗中，好像斷了，但是一拉動就感受到穩固的手感。

繩子仍和外界相連。前方就是出口。

焦茶丸和阿百縱身一躍，跳入繩子消失的另一頭。

黏稠的黑暗被撕裂開來了。

下一秒鐘，焦茶丸、阿百和春吉堆疊在一塊，重重地摔在堅硬的地板上。

他們回到倉庫裡了。

秋音瞪大雙眼，衝了過來。

「啊～春吉！太、太好了！找到你了！春吉！春吉！」

秋音眼中好像只有弟弟。幸虧如此，焦茶丸的狸貓模樣沒有被她看見，得以迅速變成人形。

但是，他們連喘一口氣的時間都沒有，一股不祥的氣息升起。回頭一看，只見黑色液體「咕啵咕啵」地從陶壺的壺口邊緣溢出。影子似乎想和焦茶丸他們一樣沿著繩子跟出來到這裡。

「這個王八蛋！」

阿百顧不得裙襬揚起，奮力一腳踢飛陶壺。陶壺凌空飛起，狠狠砸在牆上徹底粉碎。

呀～～～！

隨著微弱的尖叫，眼看著剛才溢出的黑色液體淡去、消失。

結束了。得救了。

焦茶丸鬆了一口氣。

看來陶壺這個容器被破壞，原本躲藏其中的影子再也無法存在。要是阿百和春吉被困在裡面時打破陶壺，不知道會怎麼樣。幸好事情沒有變成那樣，真是太好了。

焦茶丸打從心底鬆了一口氣，望向阿百。阿百搖搖晃晃地癱坐在地。

「阿、阿百姐，妳還好嗎？」

「我沒事。只是只有點累了，稍微休息一下，馬上就能沒事了。

……倒是你，怎麼樣？」

「我、我沒事。」

「那麼，我要你再做一件事，秋音妳也是，仔細聽我接下來要說的話。」

阿百簡單扼要地說明接下來該怎麼做。

於是，焦茶丸和秋音帶著春吉，先從木頭後門外出，接著繞到正門，僕人們馬上發現了他們。

聽到僕人大喊「春吉少爺回來了」，家人從屋內飛奔而出。春吉毫髮無傷，已經清醒，但是仍舊神情恍惚，好像想不起來自己被吸入陶壺，也想不起來被陶壺裡的影子舔舐淚水。

家人問「在哪裡找到的？」，焦茶丸按照阿百所教的說詞回答。

「他在距離這裡四個街區，一片空地裡的一口枯井內。我獨力把他拉上來，或許是撞到頭了，他好像有點失憶，想不起來自己是哪戶人家的孩子。我想說帶著他到處走，或許能想起些什麼，一起在路上走著走著，秋音就發現了我們。」

大人們輕易地相信了焦茶丸編造的話。或許因為焦茶丸是孩子，所以沒有人懷疑他是誘拐孩子的犯人。

焦茶丸受到滿滿的感謝，又獲得了一筆酬金，終於能夠離開那家店。

阿百在外頭的橫巷等他。焦茶丸一回來，阿百開口第一句話就問他：「錢拿到了嗎？」焦茶丸心想「她已經完全復原了呢」，默默地將綢巾包遞了過去。

阿百掂了掂重量，咧嘴一笑。

「從這個重量來看，感覺應該有二十兩吧。真不愧是大商家，出手闊綽。好，那我們回去吧。」

阿百將綢巾包收進懷裡，微微歪了歪頭。

回家路上，焦茶丸和阿百幾乎不發一語。然而，焦茶丸忍不住頻頻偷窺阿百。看到阿百的左手纏著手巾還滲著血，心裡隱隱作痛。

他終於忍不住，低聲問道：

「那隻手……會痛嗎？」

「嗯，痛得要命。一陣陣刺痛，痛得不得了。畢竟被咬出八個洞，不痛才怪。」

「……」

「……可是，多虧了你，我才得救。謝啦。」

阿百粗聲粗氣地道謝，焦茶丸笑了。他心想，這果真是阿百的作風。

這時，阿百停下腳步，回頭看他。她臉上掛著笑容，但是嘴角有些僵硬，眼中也帶著探尋的光芒。

焦茶丸察覺到，她似乎有話想說。

「怎麼了嗎？」

「沒什麼……你找到我的時候……我說了什麼嗎？」

「沒有，妳什麼也沒說。」

焦茶丸立刻回答。他不打算告訴阿百自己的所見所聞。

「我趕到時，影子正要撲向妳，妳只是愣愣地站在那裡。」

「是嘛。」

僵硬的神情這才從阿百的臉上消失。

「那就好。哎呀，沒什麼啦。啊，對了。我有東西要給你。」

阿百輕聲說了「拿去」，丟過來一個小東西。

焦茶丸伸手接住，嚇了一跳。

那是一片發出藍光的薄薄碎片——山神的鱗片。

「這、這是……」

「別誤會。那可不是我的唷！是被混入土裡，燒成陶壺的那片。你們離開倉庫之後，我去翻找陶壺的碎片，它就出現了。」

「我、我完全忘了這件事。」

「我想也是，你也挺迷糊的。不過，這樣也好。說不定這麼一來，山神應該就能精力充沛地跳神樂了。你也能回山上了。……你一直都想要回去吧？」

「妳、妳早就知道了嗎？」

「那還用說。你常常說夢話，不知說了多少次『我想回去』。」

焦茶丸羞紅了臉。

「……我說了那種夢話？」

「嗯～幾乎每晚都說。我也受不了了，所以希望你快點回去山上。反正你得到一片鱗片了，夠有面子交差了吧？快回去吧。」

阿百柔和地說，焦茶丸目不轉睛地回望她。或許是因為今天發生的事，他看阿百的眼神變了。

阿百在下定決心以失物協尋師的身分活下去之前，好像遭受了許多無情的對待、無數殘酷的話語。她想必曾經絕望，數度被打垮在地，猶如螻蟻任人踐踏。

儘管如此，她仍舊堅強地活著。

想到這裡，連阿百的缺點都惹人憐愛。

她之所以對錢斤斤計較，是因為下定決心要獨自過完一輩子。她之所以成天想喝酒，是因為酒會帶來暖意，暫時讓她忘卻煩心的事。

這個堅強、剛烈、悲傷，殘留一丁點可愛的女人，令焦茶丸突然感到眷戀。明明原本那麼想要離開她，可是真到離別時分，卻又離情依依。

但是，山神在等，焦茶丸感覺到山在呼喚自己。

他握緊鱗片，對阿百深深一鞠躬。

「這段期間，謝謝妳的照顧。啊，就算我不在了，妳也不要亂花錢唷。尤其是喝酒要節制，酒喝太多會傷身。」

「你這傢伙，直到最後一刻還是這麼囉嗦。好了，快走吧。」

阿百瀟灑地揮手，焦茶丸笑著解除變身。

就這樣化為一陣風，奔向懷念的山林。

尾聲——

那一年除夕，阿百決定闊氣地度過。

因為救了被陶壺吞噬的孩子，手頭十分寬裕。她到各家餐館大肆採購美食，還有酒和年糕。

然後從除夕的前兩天開始，舒服自在地窩在暖被桌裡，自斟自飲，隨心所欲地享用佳餚，大飽口福。她的模樣看起來彷彿早已迎接新年。

但是，明明過得如此奢華，不知為何，心情就是好不起來。不管喝再多、吃再多，就是覺得少了什麼。狹窄的房間感覺格外空曠、冷清，連喝酒的暖意也不斷退去。

結果，最令人惱火的是，焦茶丸的聲音會從各個角落悠悠浮現。

「妳喝太多了啦！」

「啊！吼～！別在暖被桌裡睡覺！」

「我說，阿百姐，脫下來的衣服要嘛摺好，要嘛掛起來。」

阿百將這種現象稱為「焦茶丸作祟」。

自從焦茶丸回去山上之後，已經過了十二天。但是，阿百總覺得他的氣息如今依然遲遲不肯散去。

或許是因為如此，阿百總會下意識地心想「焦茶丸，泡茶！」差點脫口而出。每當如此，她就氣得砸嘴。

「我也真是的……」

阿百告訴自己，我才沒有想念焦茶丸，只是想念他準備的飯菜和甘酒。

「哼，這樣真的是作祟。明明愛碎唸的傢伙好不容易走了，落個耳根清靜，結果現在連安心喝酒都辦不到。」

阿百一旦心情不好，酒就喝得更猛。除夕的鐘聲響起時，她已經相當醉了。

這時，有人輕輕敲響了大門。

阿百心想「到底是誰」，心情變得更加惡劣。大過年的總不會有客人吧。大概是怪物長屋的哪個住戶來拜年吧。但是，阿百現在不想見任何人。

「誰啊？藤十郎嗎？還是猿丸？不管你是哪位，回去吧。喜氣洋洋的新年，怪物和怪物不必湊在一塊兒吧？」

阿百冷冷地回應，但是門外的人不死心，仍不停地敲門。

她心想「我要砸破你的腦袋」，拿著空酒瓶走向門口。但是，打開大門的那一瞬間，酒瓶從手中滑落。

「你……」

「阿百姐，新年快樂。」

站在眼前的是焦茶丸。他背著一個大大的包袱，調皮地笑著。

阿百簡直不敢相信自己的眼睛，她一直以為再也看不到這張討喜的臉了。

焦茶丸飛快地對愣住的阿百說：「快讓我進去。」

「來這裡的路上好冷好冷，還下著雪，我的腳尖、尾巴都快凍僵了。我原本以為今晚回不來了。」

「……你要『回來』嗎？」

「是啊，如妳所見。」

「……你為什麼要回來？」

「因為阿百姐身上有主人的鱗片。」

焦茶丸若無其事地回答。

「從陶壺找到的那片，我已經交給主人了。有了那片鱗片，神樂應該會很精彩，我也得到了許多稱讚，主人和山上的大夥兒們都對我讚不絕口。於是，我心想『啊，得連阿百姐身上的鱗片也拿回來，交給主人才行』。所以，是的，我回來了。」

「……」

「別擺出那種奇怪的表情嘛。我之前不是說過，在妳存到千兩之前，我不會離開？我說話算話……妳會讓我再留在這裡吧？」

阿百終於回過神來。

焦茶丸回來了。

阿百的嘴角不由自主地緩緩上揚。

「……還要很久才會存到千兩唷。」

「我下定決心了，我會陪妳存到為止。啊，可是，我偶爾要回山上。」

「哼，好啦，隨便你。畢竟你煮的飯還不錯。讓你留下來，我也不吃虧。」

「就等妳這句。啊，我帶了山上的橘子來，妳要吃嗎？很好吃唷。」

「好啊，來一顆吧。」

「呵呵呵。」

但是，焦茶丸一進房間，臉上的笑容立刻垮掉。

「這、這、這是怎麼一回事?!我、我才離開十二天。居然弄得這麼亂！還有這些酒菜……妳到底花了多少錢?!」

「為了心情愉快地迎接新年啊，我只花在刀口上。」

「氣死我啦！新、新年過完之後，接下來飯菜只有白粥配梅乾！還有，酒也要暫時禁止！」

「憑什麼我要聽你的?!真令人火大！」

「火大的人是我！妳為什麼花錢如流水啊?!」

新年才剛開始，失物協尋師阿百的房間就響起了你來我往的怒吼聲。

失物協尋師 1

——藍眼阿百

小說館 002

失物協尋師 1 藍眼阿百

作　　者：廣嶋玲子
譯　　者：張智淵
責任編輯：賴秉薇
文字協力：楊心怡｜Amber_Editor_Studio
封面設計：葉馥儀
內文排版：王氏研創藝術有限公司

總 編 輯：林麗文
副總編輯：賴秉薇、蕭歆儀
主　　編：高佩琳、林宥彤
執行編輯：林靜莉
行銷總監：祝子慧
行銷經理：林彥伶

出　　版：幸福文化／遠足文化事業股份有限公司
地　　址：231 新北市新店區民權路 108-3 號 8 樓
粉 絲 團：https://www.facebook.com/happinessnbooks
電　　話：（02）2218-1417
傳　　真：（02）2218-8057

發　　行：遠足文化事業股份有限公司（讀書共和國出版集團）
地　　址：231 新北市新店區民權路 108-2 號 9 樓
電　　話：（02）2218-1417
傳　　真：（02）2218-8057
電　　郵：service@bookrep.com.tw
郵撥帳號：19504465
客服電話：0800-221-029
網　　址：www.bookrep.com.tw
法律顧問：華洋法律事務所蘇文生律師
印　　製：呈靖彩藝有限公司

初版一刷：2025 年 9 月
定　　價：380 元

國家圖書館出版品預行編目 (CIP) 資料

失物協尋師 . 1, 藍眼阿百 / 廣嶋玲子著
; 張智淵譯 . -- 初版 . -- 新北市 : 幸福
文化出版 : 遠足文化事業股份有限公
司發行 , 2025.09
面 ;　公分
ISBN 978-626-7680-82-7(平裝)

861.57　　114010024

Printed in Taiwan